壹獄壹世界

IDEA
PUBLICATION

序

　　寫成這書，大概用了十年壽命換來。以前寫的嘔心瀝血，但這部是折壽。

　　這是一部跟以前不一樣的小說，對我來說一是寫作環境問題，二是題材，先說第一點，今次跟以前最大分別，是我轉了一份工作，一份忙得要死的工作。先說以前那份工，上班時間為朝十晚六，而我的工作時間表如下：

10:00am：在家，還未出門口。

10:30am：在樓下等外賣，那間叫香港茶餐廳的腿蛋治是全
　　　　　尖東一流的。

10:45am：回到公司，沿途跟各同事打招呼，回房間吃早餐、
　　　　　Check Email、上高登。

12:00pm：開一個例行會議，一班大叔阿姨圍在大圓桌上耍
　　　　　太極。

12:45pm：買飯盒。

01:00pm：已經把飯盒吃完。

01:01pm：關房燈小睡。

02:45pm：醒來，呆呆看著窗外，緩衝一陣子。

03:00pm：上高登。

04:00pm：工作，安排新聞稿、檢查稿件、聯絡PR與及傳
媒、簽票。

04:30pm：上高登、Facebook專頁寫文。

05:45pm：走出房，跟外面同事聊天。

06:15pm：下班。

那三年不夠，我就在這種上班生活中寫了三本書、一百篇散文、十幾段小說、無數段高登帖，作了十多首曲和詞、還讀了一個學位、參與了一個藝術展覽、音樂會，以及去過十次旅遊。然後，公司賣盤，我的學位也完成，自知是時候告別安逸，要回到殘酷的廣告界打拼。

不知人是否一種犯賤的動物，我卻是打從心底裡喜歡自殘，我回到廣告公司，再續日月無光的非人生活，現在這份工作，上班時間為朝九半晚六半，而我的工作時間表如下：

09:30am：已在公司覆Email

10:00am：公司例會

11:00am：回覆剛才的missing call和email

11:30am：安排部門工作和分流

序

12:00am：A 客戶的內部會議

01:30pm：部門上下一起午膳時間

02:30pm：B 客戶的內部會議

03:15pm：處理老闆與閒雜人等過來聯誼小聚（三點三的時間，人們特別無聊）

03:45pm：接見應徵者 A、B、C

04:30pm：主持部門內部 Senior Meeting

05:45pm：回覆 Email 與及 Missing Call

06:15pm：處理老闆與閒雜人等過來聯誼小聚（六點三的時間，人們已無心戀戰）

06:45pm：開始處理自身工作

08:30pm：餓著處理自身工作

09:30pm：吃飯

10:00pm：寫書

01:00am：回家

02:15pm：睡覺

    每天日日如是，間中還要外出見客，回來又剩下一大堆 Missing call、Memo 紙和未開封 Email，只是日常工作已夠折

壽，還要在每晚十時至一時寫成九萬字的小說，這兩個月，我除了斷六親外，健康也有明顯的下滑，一個早晨時間，媽媽摸著我頭說：「你知唔知自己後腦嗰度有幾條白頭髮？」除了這個，我近來還經常被鐵門柄、同事的衣物，甚至是升降機按鈕電親，我每天都不停給2000伏特電到彈起，有時還有火花！聽說長時間呆在高樓大廈和電腦聚集的辦公室、食無定時令體內失衡而導致血液PH值偏鹼性，以及腎衰而令靜電不能排放而導致觸電……我想再這樣下去，不要說靜電，連腎也快要虧掉。

第二點，是題材的選擇，離開我一直擅長的愛情小品，轉投劇情動作片是對自身的一個大躍進，首先資料搜集用上特多的時間、二是拿捏虛與實之間實在是一個考驗，人物的設計及大量反思，很容易就令我不能自拔的代入而無法抽身。每個晚上，我也難以入睡，閉上眼就見一幕一幕寫了或將要寫的情節浮現，這時候，我知我最需要的，是開一套AV出來打一個手槍。

這種寫作方式是最孤獨的，比什麼都要孤單，不像以前玩票性在高登連載，跟巴打們一起以字會友交流，創作會隨著留言和意見而轉變或啟發。這種獨立寫作方式，是有一種「有怨無路訴」的無奈和辛酸，一方面要顧及當下的日常事務，確保我在公

序

司或市場的自身價值得以保存，另一方面又要進入另一個時空，通過一個Word檔跌進鐵窗裡面，同步活多一次。這期間，跟我感情變好的同事 J 不下一次問我：「無事嘛？近排你燥底咗喎……」才發現自己的性情確實轉變了，在此，我希望跟同事 J、B 和 T 道一個歉，原諒我不慎的西面（同事 T 是不懂看中文的）。感謝我部門各同事的努力和支持，也感謝偉大的黃老闆對小弟一直的容忍和體諒、包容和照顧（我知你一定會八卦買一本來看）。

★CONTENT★

A WORLD IN AN IRON GRILLE

PRISON

★	★	(01)
06	07	08
13	14	15
20	21	22
27	28	29

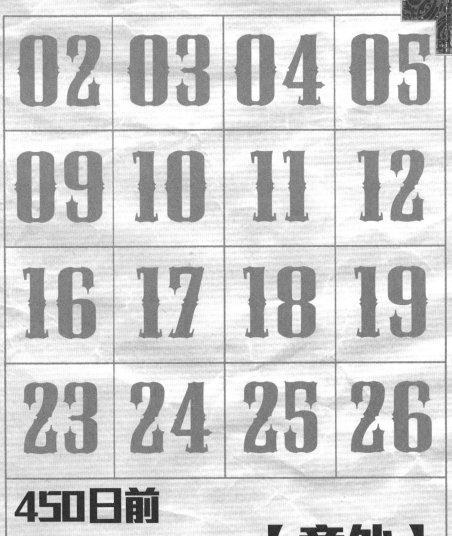

02	03	04	05
09	10	11	12
16	17	18	19
23	24	25	26

450日前

【意外】

【意外】
450日前

「嘭！」一聲巨響後，我把車剎停了。半醉半醒，好像撞到什麼。我沒有即時下車，因為很醉。混混沌沌，望望坐在左邊乘客位的……我已記不起她的名字……她比我更醉，醉得連剛才那聲巨響也留意不到。看看倒後鏡、側鏡，沒有發現什麼……大概是狗吧？我只想盡快回家帶她上床……我已盯了她的奶邊一整晚，怎能為一隻狗而壞了大事……

於是我踏油門開車……

「卟……卟……噗……」前輪好像輾過了些什麼，我又剎停了車……再給油，再被卡住，再給油，難道那隻狗死在前面卡住了車？媽的，要不是原廠把這台車調到這麼低，相信應該能夠順利越過……

下車看看……路也踏不穩……見車頭蓋染上了血跡，幹……回去又要洗車。然後我見到前方躺了一團黑色東西，我終於知道那不是狗了……是一個人，是個女人，一個中年女人……

那刻，大概是酒精影響，我沒有什麼詫異，只想到三件事，第一，這台M6是新買的，因為醉駕而被停牌實在太浪

A WORLD IN AN IRON GRILLE

費。第二，四周也沒有人，要是現在離開，大概也不會被發現……還有第三，只差一點點就能抱著車裡面的大奶醉娃回家上房，只差一點點就能把她的紅色哩士奶罩拋出窗外……

我要走，我現在就要走。

回到車上，打算踏油離開，豈料怎樣也沒法起動，油門是有給油，引擎有轉動，聲音也狂叫著，但車就是沒有向前跑……然後我就聽到警車的響聲，我一定要走……就不信這台V8雙Turbo不夠那些鈍鐵Sprinter快！

不斷踏油門，但車子就是動不了……愈急愈亂，倒後鏡已看到藍紅色的閃燈，引擎只是不停咆哮，但沒有向前跑……他媽的寶馬，早知駕另一部出來……

警車已經停在後面了，看到側鏡裡面的正義朋友漸漸步近，我得要把握最後機會逃跑……到一個警察走近我窗邊時，我才發現原來波箱一直停在N波！沒有理會他們在敲我窗，馬上調至S波向前飛，忘記了前面還有個女人，我的車就向她撞過去，把擋著路的她撞飛了幾呎……車跑得很快，我要馬上走，心

【意外】
450日前

想，只要逃得過，回到家再算……後面的衝鋒車一直追，油門被我踏得更快……顧盼倒後鏡的藍紅閃燈，沒有為意前方的迴旋石壁，一聲「嘭！」的巨響，我和車就猛力撞向石壁，像過山車一樣的離心力，車子猛力傾斜至倒轉「嘭」一聲倒地，汽袋彈出，把我的臉幾乎炸碎了……

當時枕著汽袋，腦裡在想：「屌……部新 M6 無喇……」

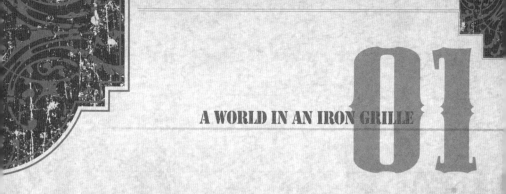

A WORLD IN AN IRON GRILLE

PRISON

★	★	01
06	07	08
13	14	15
20	21	22
27	28	29

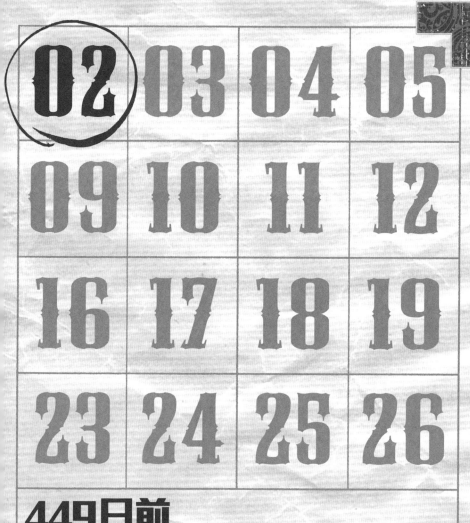

449日前

【入冊】

【入冊】
449日前

混亂中，我被拘押在東區警署⋯⋯當時酒氣還未過⋯⋯還未懂怯，不知跑車下落如何，也不知道那件醉娃到哪去⋯⋯而我，就被關在一個很冷的口供房，被一道燈照著，便衣問：

警：「喺2012年1月20號零晨三點二十分，你係咪揸住一架藍色寶馬喺電器道152號撞到一個行人然後打算不顧而去？」

我：「唔記得⋯⋯」

警：「當時仲驗到你體內酒精含量超過201毫克！」

我：「無呀⋯⋯」

警：「你認唔認？」

我：「唔係呀，我無飲酒。」

警：「呢份係酒精測試報告，呢個係咪你個名？」

我：「係⋯⋯」

警：「于日辰先生，我再問你一次，喺2012年1月⋯⋯」

我：「係呀係呀，唔好煩喇⋯⋯個名係我呀⋯⋯」

警：「即係你承認喺2012年1月20號⋯⋯」

我：「得喇⋯⋯認喇認喇⋯⋯」

那刻，我只想離開冷凍房，然後喝一杯藍山咖啡，結果，爸爸請來的律師到埗後什麼都救不到。口供寫好了，我已完全承認

指控，包括醉酒駕駛、不顧而去和拒捕，不准保釋，要關在拘留室，等候明天中午上庭。

這就是人們常說的「臭格」……原來不臭，也很大，不如無線拍的那麼小。這個臭格照我目測估計，起碼有六百呎，一個大四方形，地方相當大，而今晚只有我一個人。酒氣還未過，想起Nike廣告，心想：「如果有粒波畀我『的』吓就好喇……」

臭格沒有窗，也沒有鐘，醒來要問看守員是什麼時間，他説十時。便衣説過今天中午提堂，醒來後什麼也沒有得做，呆呆的看著閘門外，有一點宿醉，回憶昨天的事……好像發了一場夢。

那場夢還未算過份。

時間到了我就被押上車，馬上就到了法院，被關在法院裡的囚犯室候審，還以為要等一萬年，豈料第一個就是我……我看到媽媽和妹妹在觀眾席，神情凝重；法庭的氣氛也相當嚴肅。有個女人像唸急口令般讀了案發時間人物地點及指控罪行，由於昨晚寫口供時已經認罪，根本不用傳召什麼證人和證據。法官説我初犯，判我吊銷駕駛執照……心想：那就沒得開車了。

【入冊】
449日前

豈料他續說：「及監禁一年。」什麼？! 監禁？! 什麼監禁？!

還未來得及反應，只望了媽媽和妹妹最後一眼，就被押回囚犯室，等了十五分鐘就被押上豬籠車，呃⋯⋯不⋯⋯不用等其他囚犯嗎？時間過得好像戰機般快，還未及思考到底發生什麼事已經到達監獄⋯⋯少年監獄？什麼？! 我已經廿四歲了！還少什麼年？是不是送錯了？Hello？有沒有人能出來答一答問題？不直接答我也舉個例子喔？

撞人＞逃走＞撞車＞問話＞拘留＞上庭＞判刑＞入獄⋯⋯

現在下午三時，一切就只用12小時就完成了，有沒有更快的事情？昨天的這個時間，我還在家。睡覺，醒來更衣、吃下午茶，到車房挑選愛驅，正打算選爸爸的G63出征時，車行打來説新的M6已經準備好，於是我叫司機載我到車行取車⋯⋯

今天，我拿著自己的物品，坐在長椅跟其他囚犯一起脱光，剩下一條內褲，排隊輪候⋯⋯檢查身體。

A WORLD IN AN IRON GRILLE

02

PRISON

★	★	01
06	07	08
13	14	15
20	21	22
27	28	29

02	(03)	04	05
09	10	11	12
16	17	18	19
23	24	25	26

448日前

【通櫃】

【通櫃】
448日前

　　電影也好，朋友說也好，每個人也對「通櫃」有一點概念，就是入冊前的體檢。通櫃員不是獄卒，也不是醫生，看上去只是個披了一件又皺又髒醫生袍的普通阿叔，想一想，其實他也挺可憐，手指每天也要不停進出數以百計的男人肛門，

　　要是囚犯剛剛才腹瀉，手指一插進去大概滿手套也是啡黑色的屎水，還有機會因為屎漬太稀而無意間「呸」了出來沾上身，這樣的工作，要由早上八時起「呸」到五時，真別說輕鬆……

　　「陳志榮，入嚟。」
　　「呃！！」

　　「梁東，入嚟。」
　　「嘩……屌！！！」

　　「吳景雄，入嚟。」
　　「唔……！」

　　「李家鵬，入嚟。」

「嗚呀！！！！」

「黃卓然，入嚟。」

「嗚……嗚……」

「李偉康，入嚟。」

「哎……哇！！」

「張偉立，入嚟。」

「呀……嗚呀！使唔使咁大力呀你！」

「伍志輝，入嚟。」

「呃！」

「陳肇麒……？呃……入嚟……」

「啊啊啊……嗚……嗚呀！」

「于日辰，入嚟……」

到我了。

【通櫃】
448日前

　　老實説，如果我是第一個的話，或許不會這麼緊張，但要我脱光剩下一條內褲在長椅上不斷聽著高高低低的慘叫聲，實在是精神折磨。手上拿著一個透明膠袋，裡面裝了一些入獄前帶著的隨身物品，帶著異常緊張和驚慌的心情走到報到處前，屎眼已經擴張，好像已為即將發生的事作出準備。

　　警：「叫咩名？」

　　我：「于日辰。」

　　警：「犯咩事？」

　　我：「危……危險駕駛……傷人……拒捕……」

　　警：「呢度係你入冊前嘅物品，睇吓啱唔啱。」

　　我：「係……」

　　警：「銀包、鎖匙、電話、手錶、戒指、手鏈、頸鏈、耳環、鋼筆……你都幾多嘢㗎喝！」

　　我：「係……」

　　警：「入去體檢。」

　　不知是否心理作用，入到布簾裡已嗅到一陣屎臭味……從前也試過跟女伴玩肛交，她們都説只要夠濕，其實挺爽。不知她們是否有刻意清洗過，拔出來時也沒有屎味，但見她們的屎眼擴張

得一呼一吸，感覺是很有趣的。我想，都應該不是想像中痛，只
是我們男人不習慣被闖入體內而已。

　　進去後，看到那個披著白袍的阿叔像個道友多於像一個醫護
人員……我一直都以為「通櫃」是躺在病床上然後M字腳像洗腸
那樣，原來只是伏在布簾架前背著阿叔蹲下來，雙腳微微張
開……他不會像牙醫那樣跟你說明過程、何時把什麼插進來，只
見桌上有一支潤滑劑，然後他就帶上膠手套後問我：「衰啲咩入
嚟喋？」

　　　　我：「危……危險駕駛……傷人……拒捕……」
　　　　他：「非法賽車？」
　　　　我：「唔……唔係……」
　　　　他：「開得好快？拒捕你都夠膽！」
　　　　我：「意外嚟……」
　　　　他：「坐幾多碌？」
　　　　我：「一……呃！！！！！呃！！！嗚呀！！！！！！」
　　　　他：「搞掂，下個。」

　　哎……他……他媽的……痛！！！痛得連眼淚也像屎水一樣

【通櫃】
448日前

「呦」出來……這是我進了獄中後才知道的「179」通法……

　　什麼是「179」？是形容最高級的通櫃方式，專對付道友、強姦犯和新仔，是一種純粹為懲罰的動作。而「179」就是用數字形容手指形態：一，即是手指伸直，然後插進到最底；七，是手指屈成「7」字形，你會感覺到指甲刮下來的痛楚；九，就是手指最後呈「9」字彎曲，像劏泥機的泥爪般把東西刮出來……

　　嗚呀！！！！我是深深體會到裡面被強行擴大，然後由底部刮出來……這個混蛋好像要把我的肛門刮穿似的……那種刺痛弄得我連眼也打不開，痛得我一拐一拐走出去……狼狼地夾著屁眼拿回衣服去拍囚犯號碼照。

A WORLD IN AN IRON GRILLE

03

PRISON

★	★	01
06	07	08
13	14	15
20	21	22
27	28	29

【少年監獄】
447日前

　　我今年廿四快要廿五，少年監獄不應是十八或以下的玩意嗎？這裡的人看上去也很年輕，那些獄警的感覺比較像中學年代的訓導主任。進去的人不是DD（吸毒）就是打架，或自稱黑社會。我是被「拋」進來，即是羈押，是暫時性居留，一星期後就會被送到正式的監獄。

　　先把我脫光，然後通櫃，影囚犯照後再帶我到「髮型屋」剃頭……替我剃頭的人不是獄警，是囚犯，裡面一切Man Power都是由囚犯擔當，獄警只是監督。我從未見過自己光頭的模樣，感覺自己的自由和尊嚴也隨著頭髮通通被剝奪、脫落。看著頭髮一束一束被剷掉，我哭了，終於意識到自己已經失去一切。

　　在未感受正式的監獄生活前，我已覺得很不適，因為這裡相當嚴厲。六時半就開大燈被叫起床，被鋪要摺得很整齊，獄警第一天就叫綠牌（資深囚犯，也快要出獄）的囚犯示範過，被鋪摺好後梳洗，全程不准說話。

　　但像我這種「拋」進來的人不用像童子軍般到操場步操，而是被安排到飯堂準備早餐事宜。八時多吃早餐，吃過後就要把飯堂收拾好，抹乾淨檯椅、地下、清洗廚房。全程有監督看管，想

躲躲懶也難，不聽命令就馬上被罰做掌上壓，做不好或做不到，就會連累全班一起跟著你被罰，然後晚上回房會被圍毆。

　　十時自由活動，在操場打打籃球跑跑步，然後洗澡吃午飯，吃過後又要把飯堂收拾多一次，然後在康樂室看書（書都是悶到喊出來的知識讀本）。這裡像大陸一樣，五時多就要吃晚飯，然後又再收拾多一次飯堂後，六時多就回監倉，很和平地聊聊天（只限當日沒有累街坊的朋友），等阿Sir派麵包，八時半就關大燈，停止一切聊天，睡覺。但其實每晚都有人偷偷在洗手間打飛機。

　　在這裡住了一星期，天天如是，實在悶到發慌，或許你覺得這樣的生活其實也不錯，但我告訴你，在你最年青力壯的時候，要困在這裡跟同一班男生天天做同一件事的時候，你會不斷反思：「到底我喺度做乜鳩？」這種零建設的人生，是完全地虛度光陰和青春。進來以後，完全學習不到新事物，沒有任何成長也沒有任何得著，你的人生除了年紀之外，一切都會完全停頓，他們純粹把你關在這裡，把你跟世界隔開而已，事實根本是，犯過事的青年就會被政府放棄。

【少年監獄】
447日前

　　值得一提的，是這裡的日用品。無論是收押所抑或外來帶進來的日用品，全部都有指定的牌子和型號，例如肥皂一定要LUX，要是父母買來澳雪，就會被彈回頭。牙刷一定要日本煙斗牌、紙巾一定要用TEMPO長包裝，還一定指定是薄荷味，茉莉花即彈。電芯要GP、筆的話一定要用碧牌藍色原子筆、單行簿要Gambol……最低能白痴的莫過於毛巾，一定要用地盤佬那種「祝君早安」的Good morning牌……大家有沒有想過，少年監房是否收了以上牌子的贊助費？

　　在裡面，我沒有太多入獄症候群，沒有太難過和太失落，只是覺得去了突破營或少年軍訓計劃。白天挺忙，腦筋沒有多少時間轉動，晚上很累，八時多關大燈就順利入睡，第二個清早又繼續忙碌。沒有惡夢，沒有無限Loop撞車鏡頭，或許當時喝得太醉，意識並不太深刻。這裡一星期會派發一個信封，但信紙和筆要用錢買，我沒有買，反正一星期後就要轉倉。

　　媽媽在我入獄後第三天來過探望，她很難過，老土的說我消瘦了、黑了……我心想，才三天，怎會瘦得這麼快……

　　但當見到她，是會有一種久違了的依賴和安全感，我想伸手

去牽著她的手，或擁抱一下哭成淚人的她……我已有十多年沒有擁過她、牽過她了，回想起，以前連跟她出入也不多。我問爸爸去哪了，她說爸爸要忙著公事……

媽媽拿了一大堆日用品來，通通都被阿Sir彈回頭，還口角了一番，媽媽很憤怒跟獄警說：「連能得利橡皮糖都唔准食？你哋係咪痴線㗎?!」我竟然暗暗笑了一下出來，這是廿四年來第一次覺得她是這麼可愛。媽媽，其實我想要的不是能得利橡皮糖，是一包純萬。

是，這裡最難捱不是日日如是的無聊生活，而是沒有煙抽的日子。少年監獄是全面禁煙，由於規條異常嚴謹，我們是連一公分的死位也沒有，最煩人，是只要一個人犯了二級或以上的錯，就會連累成村人一起受罰，這個無恥的機制令大家終日提心吊膽。抽煙，全體人員承惠一百下掌上壓，做夠才能吃飯，只要有一個人做不到，那餐飯就全體落空，需知對於裡面的人來說，吃飯比天皇更大，落空了一餐如同切J般難過（我可不太在乎吃飯）。大家都怕累街坊，也怕有人累街坊，於是形成了互相監察的作用。

【少年監獄】
447日前

　　這七天，我像回到小學雞年代，什麼都要被看管，什麼都依時定候，什麼都不黑即白，硬繃繃沒走盞，我不明白為何要這樣的嚴厲，這些高壓紀律監管只是阻嚇人不要在裡面違規，令裡面的阿Sir管得順利一點，出糧出得便宜點，而無助囚犯改過自新。相信放監後，重獲自由時的反差會更大，不再受限制之下會更想做壞事，才不會因為早睡早起、步操、洗地抹桌而變乖，這是我對少年監獄的一些想法，縱使我只是一個過客。

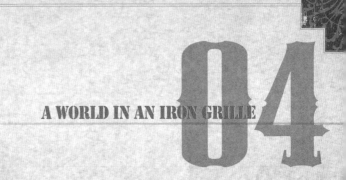

A WORLD IN AN IRON GRILLE 04

PRISON

★	★	01
06	07	08
13	14	15
20	21	22
27	28	29

【入祠堂】
440日前

　　一個星期的突破青年營之後，第七天的晚飯前，我被送到成人監獄，他們稱之為「祠堂」。像一星期前那樣，我又拿著裝有自己個人物品的透明膠袋，脫剩一條內褲跟其他囚犯坐著等叫名……幹……不是上星期通過了嗎？又通？我不想再排血糞了！

　　警：「叫咩名？」
　　我：「于日辰……」
　　警：「衰咩入嚟？」
　　我：「醉駕……傷人……拒捕……」
　　警：「轉個圈。」
　　我：「吓？」
　　警：「轉個圈呀！」

　　其實只剩下一條小內褲已夠難為情，還要我轉圈……我突然發現澳門水療那些女技師很勇敢，要在眾目睽睽下轉圈原來是很難受。但……其實轉來幹麼？見我帥氣，要看看我的身段嗎？我慢慢的碎步轉圈……獄警喝令：「快啲啦，成個女人咁！」到我轉好一圈後，他皮笑肉不笑地拋下一句：「轉多個。」現場情況是，後面一排排長椅上坐著一大班男觀眾，前面仿佛有四個評判對你評頭品足，想到什麼？有人想起超級巨聲歌唱比賽、有人想

起香港先生選美比賽，而我就想起寵物大賽，我是一頭剃光毛的
貴婦狗。

> 警：「呢度係你入嚟之前嘅物品，依家點吓數。」
> 我：「係……係……」
> 警：「銀包、鎖匙、電話、手錶、戒指、手鏈、頸鏈、耳環、
> 　　　鋼筆……你都幾多嘢㗎喎！」
> 我：「呃……唔好意思……。」
> 警：「入去檢查身體。」
> 我：「又檢？我喺嗰邊檢咗㗎喇喎…」
> 警：「所有外來嘅人入嚟都要檢一次。」
> 我：「嗰邊咪又係監獄?! 我坐懲教署嘅豬籠車過嚟㗎喎，仲
> 　　　點會藏到毒!?」
> 警：「總之所有外來人入嚟都要檢查一次。」
> 我：「檢乜嘢查身體吖！通櫃你就通櫃啦！」

「好！」「好！」「好！」「好!!!」「好!!!」「好!!!」
　　後面的觀眾席傳來熱烈的拍掌和歡呼聲，我好像道出了大家
的心底話。

【入祠堂】
440日前

做英雄，當然要付出代價……

「嗚……嗚呀……呀呀呀呀呀…哇呀呀呀呀呀……呀呀呀!!!」

過程大約五秒，再多一秒或許我就立即暴斃……那是一進來痛一下，手指插到底頂痛一下，然後手指曲起來痛幾下，肛門被逼闊後，完全沒有喘氣時間，手指立即屈起來，慢慢向外刮出來……嗄……嗄嗄……呼……今次的「179」比之前那個更「7」更「9」，那個通櫃員好像沒有剪指甲，我好像聽到裡面發出「咔咔喇喇」的刮肉聲音……

通過後，肛門腫了起來，像你剛剛來了一個大腹瀉，屁眼裡面的肉脹了出來那樣，連內褲褲襠跐到都立刻刺痛起來，不知為何，肛門的痛楚是會令人窒息，痛得連呼吸也困難。按著屁股一拐一拐出去，我見剛才那四個評判笑得很輕佻，過足癮似的……由於我的頭髮已很短，不用再到髮型屋，直接影囚犯照，然後正式成為祠堂一份子，360998是我終身號碼，他們叫這個做「老冧」。

A WORLD IN AN IRON GRILLE

05

PRISON

★	★	01
(06)	07	08
13	14	15
20	21	22
27	28	29

02	03	04	05
09	10	11	12
16	17	18	19
23	24	25	26

439日前

【白手】

【白手】
439日前

「白手？」左面床一個看上很瘦削的中年人問我。

我：「吓？」

中：「即係問你係咪第一次衰呀！」

我：「哦……係……係呀……」

中：「衰啲咩？」看來我還要繼續回答相同問題直到永遠。

我：「醉駕……」還是簡化一點好。

中：「哦，阿羊嚟嘅……坐幾『隻』？」

我：「幾……幾隻？」

中：「唉，坐幾耐呀！」

我：「一年……」

中：「哦，一碌啫！你估吓我坐咗幾耐？」

我：「唔……六碌？」

中：「嘽我個老祢就得五個數字嘅啫！」

我：「即係坐咗好耐？」

中：「嘿！連阿一都要叫聲我師兄呀，哈哈哈哈哈！」

甲：「喂老馮，幾點呀 !?」

馮：「係係係！鎖你鎖你。」

這夜徹夜難眠，我終於認真感覺到自己入冊了。別人形容坐牢為鐵窗生活，我也真正體會到，因為我的上格床位正正對著一道鐵窗，是好是壞？一個監倉只有兩道窗，我就佔了一道。窗外對著操場，再遠一點就是海，天色不好，看不到水平線，也沒有星，我開始感到迷惘，也開始自責為何如此大意。

在少年監獄那邊還未吃晚飯就過來，但這裡好像已經過了晚飯時間，餓著肚很難受，感覺特別淒涼。躺下來，床很硬，天氣冷，大家都瑟縮著睡。這個監倉不小，放了數十張上下格床，大部分都已經睡得呼呼聲，有的用電筒看書……有個偷偷坐在角落抽煙，煙霧隱約飄過來，令我萌生煙癮，一整個星期沒煙抽猶如上吊一樣難受。

我無法按捺煙癮，於是偷偷下來，走過去懇求他的無私分享……

我：「師兄……可唔可以俾我整啖？」

乙：「老同，生面口喎！」他把手上的煙遞過來。

我：「係……係呀……我係……白手嚟……」看來我是要開始適應這世界的語言。

【白手】
439日前

乙：「老職編咗你咩期數未？」

我：「期……期數？」

乙：「即係返工呀！我哋要做嘢㗎嘛！」

我：「哦…哦…未呀……可能我晏入嚟…」

乙：「有無單位？」

我：「單位……跟人？無……」

乙：「老襯？」

我：「即係咩？」

乙：「無單位無識人咪老襯囉！」

我：「你呢？」

乙：「我水記，不過呢個倉老潮睇。」

我：「咁……即係點？」

乙：「唉你遲啲就明。」

我：「師兄你唔問我衰乜嘅？」

乙：「唔好叫師兄，我哋喺呢度互相稱呼老同，即老友！」

我：「哦……哦……老同，你唔問我……」

乙：「唔係衰風化就OK啦！」

我：「唔……唔係呀……」

乙：「瞓喇！」

我：「係……」

乙：「阿羊！」

我：「係……？」

乙：「唔好掛藍燈籠呀！」

我：「藍燈籠？」

乙：「老親就唔好充字頭呀！火腿都俾人打斷！」

　　我只吸了兩口，感覺是有點舒緩，上回自己的床，我想起平日這時間應該在蘭桂芳，十時多，才剛剛進場。想不到這裡猶如地球另一邊，四野漆黑，全人類已經進睡。上星期，我在少年監獄每晚也累得沒有思考空間，今晚終於失眠了。我想起整天板著臉嚴肅沒趣的老爸，想起苦口婆心的媽媽，想起盡忠職守隨傳隨到的司機，想起兩個總是喋喋不休的菲傭，想起身邊兩個抹鞋不花鞋油的跟班，想起常光顧的夜店接待，想起常常有新介紹的賣車經紀，想起模特兒公司的公關，想起事發當晚那個嘅模……

　　對，我終於記起了！出事後她到哪去？

　　當晚她醉得如爛泥，大概什麼都不知道，我還打算捉她回家好好享受……然後想起為何如此的著急要逃去……因為我怕給她

【白手】
439日前

發現……對，那個她就是我的正印女友，凌美瑤。

　　一個男人要是有錢有時間有權有勢，自然不乏異性緣，我不算有權有勢，但彈藥還算多，起碼不愁正常的物質享受，這全賴我爺爺的遺產基金，十八歲後，只要我有一份正職，嫖賭飲蕩吹不要被發現，每月基金管理員就會分派我十二萬元生活費，隨我如何的花。加上我爸公司給我兩萬月薪，每月就有十四萬流動資金。我知對於一般人來說，十四萬元不算一個少數目，但當你本金多，日常洗費自然會大，挺愛汽車的我月供兩輛跑車，一輛林寶堅尼LP560，一輛就是剛剛買回來的寶馬M6，這已佔了我生活費的一半，先不說那些因為一時風流而買下的保險費和丈義幫忙的基金，還有單位的租金兩萬多。我其實是與家人同住，租住的單位是給我私藏的……小三。

　　一直秉承「人不風流枉少年」，的確，除了正印女友之外，我其實還有不少伴侶，包括被我包養的三線演員，還有衝著好處而來的女生，有的只是為坐幾程超跑、有的是為一兩件小禮物、有的是妄想能把來一張長期飯票，小三這職位其實也像合約制，三個月就替換一次，而我獨愛包養公眾人物，模特兒、二三線演員也可以，她們普遍也樂於不勞而獲。

　　包養期間，除了有時候陪我吃吃飯、應應酬，給我帶出去炫耀一下之外，大多時間也只是用來操，我是絕不留情，因為這些為錢的女人，你今天不操她，明天也會被誰操個飽。於是，我對所有女人都沒感情，無論34D的哦模、176公分的名模還是宅男女神（請不要問我是誰）統統都只是因為我的車我的人面我的錢，真正有感情的，還是認識了二十年，交往了四年多的正印，凌美瑤。

　　她是我的鄰居，跟我同年，爸爸是一間飲品企業的老闆，相信家底比我還要豐厚，但她並不嬌氣，也不麻煩，性格溫和友善，來年便在港大完成法律系學位。相比我在外拈花惹草的妞兒們，她不算漂亮，身材也不算婀娜，唯一可取之處是皮膚夠嫩白。我不會帶她外出跟外頭社交聯誼，或許是因為她不夠漂亮。這是我這四年間最不平衡的地方，也是我要包養一個出得廳堂的女人最大原因。

　　她沒有過問我的事情，也很少干預我的生活，總之每星期六和日跟她在一起就夠了。很多時我也沒掛她在心上，甚至忘了她，跟其他女生交往和纏綿，但從來沒有想過分手，因為我跟她是有著一種至親的感情。她跟我兩老相處得相當融洽，尤其我

【白手】
439日前

媽，是近乎偏愛她，老媽説她溫文爾雅賢良淑德，我其實也是這樣覺得，只是每次行房時，我也想起一位高登巴打的網名：「條女個波好細」。是，我的確不怎樣重視她，或許是因為這世界實在有太多好東西，而我又能用錢把那些好東西一一擁有。

自十八歲以後，我身邊的人和事都圍著我團團轉，沒有一刻停止。我習慣被愛、被寵、被重視，成為焦點。我喜歡駕著一輛很炫很誇的超跑，我喜歡到夜店叫來噴著煙花的香檳，我喜歡換畫，拖著不同模特兒、歌手、演員到外應酬，外面的世界是如此的豐富，只要你能花得起錢。

但當我踏入監獄一刻開始，我感到自己什麼都沒有了。我不再是那個終日趾高氣揚的于日辰，現在，獄警叫我360998，鄰居叫我阿羊……我只是一個什麼都沒有的白手。

然後，我想念她。

A WORLD IN AN IRON GRILLE

06

PRISON

★	★	01
06	(07)	08
13	14	15
20	21	22
27	28	29

02	03	04	05
09	10	11	12
16	17	18	19
23	24	25	26

438日前

【第一天】

【第一天】
438日前

　　第一個早上，六時就開大燈，我們要起床了，摺好被鋪，然後排隊刷牙洗臉拉屎。當然，輩分是會影響先後之分，但也不如想像般黑暗。早上，我終於能夠清楚看到他們，有些好像不太怕冷，光著身刷牙洗臉，有龍有鳳有豹有觀音，但一大清早，大家還是矇矇矓矓，龍鳳還在昏睡，觀音還未起壇，沒有一個目露凶光、霸氣盡現，大家都靜靜輪候。但還是有些潛規則，總有幾個人能優先如廁、洗臉、刷牙。

　　我才沒有蠢到問人為何那些人能大模斯樣跳過人龍，但那幾個頭目中，只有一個的背上刺了黑道紋身，其他看上去都只是普通中年人，我才知道黑社會原來不一定要刺青。我是「阿羊」，即新仔，要排最後，沒法子，我不想當壞份子被人圍毆。

　　洗澡過後，獄警就會大開倉閘，我們排著隊一起到飯堂，繼續帶著矇矇矓矓的樣子排隊拿吃的……

　　想不到監獄也有早餐 A、B、C 選擇，雖然天天也一式一樣。A 餐白粥油條、B 餐麥皮、C 餐炒麵。這是我第一次親身體驗何謂人窮志短，肚子空空過了一整晚，這個早上想有多少吃多少，見 A 餐有兩樣東西，大概會比其他套餐的份量大，口味也多

元化一點之下，我以香港基層貪小便宜心態選了A餐，然後才知道中伏。這是我生平吃過最難吃的一碗白粥。

難吃在，白粥有濃濃的水喉腥味，還吃到一點洗潔精的香料味……唔……應該是檸檬……嘔……除了白粥以外，還有油條，油條比較正常，但吃完口很乾。除了水以外，我們早晚會有一杯牛奶，他們叫肥仔奶，其實不是真正的奶，聽說是牛骨粉溝砂糖和水而成，有些人不喜歡喝，說很毒，連續喝兩天就長出毒瘡，有的長口瘡、暗瘡……有些人還說因為這些奶而長出痔瘡。但我倒覺得味道不錯，挺像鮮奶。

吃過早餐後，就要返期數。期數，即是工作，我們在囚時是要上班的。這裡有不同期數，像不同公司，不同人會被分派到不同期數，每個期數也有不同職位，由A到F，A是最初階，F就是管理層。跟外面一樣，階級和工資是成正比，A級初階工資大約三十元一星期，F級主管級一百元。即是說，就算在監獄很努力向上游，在一個期數攀上主管級，一個月都只是四百元薪水，只是比北韓好一點而已。

關於期數工作類別，大多跟其他政府部門有關，例如土木工

【第一天】
438日前

程拓展署、房屋署、福利署、醫管局甚至是水務署。大多都是別人不願做的事情，便由我們這班「監躉」來處理，例如大家經常見到的山邊除雜草、海灘執拾垃圾、水庫清潔、康樂設施木工維修等。只看性質已知道不是好東西，山邊有蛇蟲鼠蟻、海灘、水庫有執不完的垃圾，我被分派到洗衣期數，早餐後開始幹活，由八時半至三時半，中間也有午膳時間。不要小看洗衣期數，如果可以選擇，我寧願到山邊除雜草，起碼可以曬太陽，而且沒有這樣嘔心……

嘔心，在於我們要處理的衣服不是普通洗衣店那種，是醫院的污物。屎尿血嘔吐物細菌病毒什麼都齊，還要擱置了幾天才運過來……試想想一個坐廁被一個拉肚子的人噴滿又濃又溶的爛屎溝尿，然後蓋上廁格不沖水焗兩三天，打開時會有什麼味道？這些都不可能有人願意處理，連運上大陸也沒有人願意接頭。於是，各大醫院的衣物都由我們監獄負責，只因我們這班監躉沒有Say。

洗衣期數也有不同崗位，每朝早先有一輛二十呎的貨櫃把醫院的污物運過來，然後有一批老同會負責把貨櫃一包二包「叉燒」（即包好了的污物）搬出來，再有一批老同把叉燒搬上樓，接

著就是重頭戲——拆件和分類。我們要各自站在一條迴轉帶前，分成五組人。第一組把叉燒拆件，倒進迴轉帶上，然後其餘四組人分開衫、褲、內褲、床鋪被鋪枕頭套。新來新豬肉，我這個阿羊就被組長編到內褲組別⋯⋯內褲組實在太難忘，我以為極其量只是撒了尿的印、血印和啡啡的屎漬，殊不知有些竟然附送尿片，尿片裡，當然是夠你吃一餐的芝麻糊。

我：「嘩屌⋯⋯」

甲：「點呀老同，頂唔順呀？」

我：「點頂呀⋯⋯我仲見到有條菜喺入面呀！」

甲：「唉，無計啦！新嚟新豬肉係咁上下㗎喇！」

我：「你都新嚟？老同睇你都有啲資歷㗎喎⋯⋯」

甲：「我過冊嚟嘅，一樣計我新仔。」

我：「嘩⋯⋯臭到仆街，啲病人到底食咗乜嘢呀!?」

甲：「頂一兩個禮拜啦，之後『蛇頭』會調你返出去㗎喇！」

我：「蛇頭？即係啲阿Sir？」

甲：「唔係，蛇頭即係⋯⋯你可以話係班長，代表囉！」

我：「咁點先做到蛇頭？」

甲：「哈！你有無單位先？」

我：「唔⋯⋯我無⋯⋯」

【第一天】
438日前

甲：「無字頭就梗係無得say啦老同！」

我：「你呢巴打，點稱呼？」

甲：「叫我伍仔吖！」

我：「講唔講得衰咗咩入嚟㗎？」

伍：「衰跳灰囉！之前都喺荔枝園覆桌咗幾『簡』㗎喇！」

我：「簡？」

伍：「刑期囉！」

我：「你運開邊類？」

伍：「白麵又有，茄又有，不過草居多，山大斬埋有柴燒嘛！」

我：「要幾多……隻呀？」

伍：「今次Hi咗獲甘，判咗九碌……」

我：「哇……咁咪有排坐？」

伍：「嘘！行為良好加扣埋公假，今年出冊喇！」

我：「咁咪好囉！」

伍：「其實呢度都唔錯吖，好食好住，起碼叫有瓦遮蔭吖！」

我：「你果然係敬業樂業呀吓……」

伍：「食得咸魚抵得渴……條路係你揀，人生嘅嘢就係咁樣㗎啦！」

我：「咦？我好似喺邊度聽過呢句嘢……」

伍：「嘩，呢度夠你食三餐喎老同！」

我：「嘩屌……嘔……嘔………」

伍：「喂喂喂……乜真嘔㗎?!！喂……」

我：「我……嘔……無……無事……嗚嘔……嘔……」

伍：「唔係呀……我想話……嘔完記得自己抹返呀吓……」

　　這個上晝，我對著一堆又一堆屎尿血三小時，已經夠嘔心，中午放飯，無論A餐B餐還是C餐，我只要見到漿汁狀的物體立即反胃。看見菜會想起剛才的屎，看見水會嗅到黃尿的酸味，看到雞翼裡面粉紅色的肉，會想起M巾裡面凝固了的經血乾……這頓午餐實在吃不下……同桌的人不是洗衣期，不會明白我的感受，只見我吃不下，就像餓鬼般夾走我的飯菜……唯獨坐在對面的一個中年人帶有關心的口吻問道。

乙：「老同，做乜唔食飯呀？」

我：「我洗衣期……啱啱執完……」

乙：「哦！咁又難怪嘅！我都有做過洗衣期㗎！」

我：「唉……我依家只係想嘔……」

乙：「打住雀嘛！」

我：「打雀？」

乙：「煲住煙做囉！大家都知難頂，無人嘈你㗎！」

【第一天】
438日前

我：「我⋯⋯我無煙⋯⋯」

乙：「啱啱入嚟？」

我：「係⋯⋯係呀⋯⋯」

乙：「呢度一星期出一次糧，出咗糧咪有錢買囉！」

我：「呢度有煙買？」

乙：「有⋯⋯咦唔係喎，你啱啱入冊，A仔好似幾蚊一日咋
　　喎⋯⋯」

我：「呢度一包煙要幾錢呀⋯⋯」

乙：「同出面差唔多喋，都成四十幾蚊一包。」

我：「咁⋯⋯我咪要做一個月先有得⋯⋯打雀？」

乙：「唉哼，過兩飛你，當爭住我。」

我：「嗚呀⋯⋯多謝晒大俠⋯⋯」

乙：「喂，枱底枱底，唔好咁揚！」

我：「今日滴水之恩，他朝湧泉相報！」

乙：「唉，大家老親底，感同身受，達叔明嘅！」

我：「大俠你叫達叔？」

達：「都係一句啫，袋穩喇，兩飛好快燒埋口喋咋！」

　　本想一感到嘔吐感便立即打口雀，但事與願違，下午的工作
還未完，我已經燒光了達叔兩支珍貴的救命煙⋯⋯唔⋯⋯正確來

A WORLD IN AN IRON GRILLE

説是一點五支,只怪我抵不過伍仔的「撩爛腳」乞討,在山窮水盡下還要分半支給他……

下班後回倉休息,我進進出出浴室,來來回回洗了一小時手,洗一次後回到床上,又覺得手指隙還有尿味,下床再到廁所重洗。洗第二次後回到床上,又覺得手心還有屎味……就這樣無限 Loop 著,直至六時吃飯……結果,晚餐也吃不下,肚是空空,連水也沒法倒一滴進口,七時派一塊方包一杯假奶就回倉,八時半關大燈,我以最快速時間把方包吞進肚,正想把假奶都倒進口時,又想起血漿、尿片、爛屎……一股反胃感湧上心頭,我把所有方包和假奶一併吐了出來,害得左鄰右里嚇得雞飛狗走,少不免被問候了幾聲娘親,此時,達叔走出來為我護航:

達:「Sor Sor Sor,佢啱啱做洗衣期未慣未慣,多謝大家多多包涵!」

甲:「衝入『扇把』劏嘛,搞到成地都係!」

達:「Sor Sor Sor,我哋會盡快抹返好……」

乙:「屌你,梗係要抹返佢啦,串(臭)到仆街呀!」

達:「係嘅係嘅,保證抹完之後香過秋香!」

丙:「你唔抹好佢,我火腿都打斷你呀!」

【第一天】
438日前

達：「一定一定，多謝各位兄弟忍讓！」

丙：「今次俾面你咋達哥！」

達：「多謝各位兄弟俾面！所謂入得嚟大家都係一家人，最
　　緊要守望相助！」

達：「跟我嚟跟我嚟……」

我：「Sorry呀達叔，累到你俾人圍……」

達：「傻啦！大家兄弟，講埋啲咁嘅嘢！」

我：「平時風平浪靜，睇唔出一有少少事就衝晒出嚟…」

達：「殊……細聲啲……」

我：「頭先嗰班人咁惡，有單位㗎？」

達：「唉，其實都係『四九仔』嚟咋嘛……」

我：「四九仔？我淨係聽過四二六……」

達：「四九仔即係老散囉！」

我：「咁呢度有無龍頭大佬㗎？」

達：「都有嘅，每倉都有一個單位揸Fit人，你聽日留意吓一
　　個M字頭……」

我：「M字頭……」

達：「佢望落去係唔多似大佬，聽講佢喺出面係做軍師……」

我：「好有Power㗎？」

A WORLD IN AN IRON GRILLE 07

達：「無，平時佢無乜點，係唔使排隊等位囉……每個月收
　　吓數咁囉……」

我：「有事呢？」

達：「唉呢度好少有事㗎！我喺度坐咗五碌都無見過有事發
　　生過！」

我：「吓……唔會話打吓架講吓數嘅咩？」

達：「呢度有呢度嘅潛在牌頭，大家跟住行就無嘢㗎喇！」

我：「咁啲獄警咪廢嘅？」

達：「啲柳記擺嘅咀，佢哋咪仲嘆過我哋！」

我：「達叔……你介唔介意講你衰啲咩入嚟？」

達：「唉，過咗去就算啦，向前望啦年輕人！」

我：「咁……『拍』幾耐呀？」

達：「起碼你唔會遲得過我先啦！」

我：「你又知我拍幾耐?!」

達：「幫手扭乾條『拖水』啦！」

我：「拖水？」

達：「毛巾呀老同！」

今天，我在洗衣期認識了經常乞煙的伍仔，還有義字當頭的

067

【第一天】
438日前

真漢子達叔。

　　把地抹乾淨以後就去睡，大家都已經呼呼昏倒了，才九時多，這裡猶如凌晨時份。窗外照了一道光進來，這是我的第一天，我還有三百多天，一想到此，心情就鬱寡起來，我跟外面的世界完全斷絕，爸媽現在做什麼？公司怎麼了？那班豬朋狗友找不到我會怎樣想？還有數個月包養合約的嘅模是否已經轉會了？凌美瑤呢？她大概知道我進來了吧？為何一點消息都沒有了……想著想著，又傳來一陣夜香味，我嗅到自己髮尾黏有尿臭味，但明明已經剷青了……手指像剛剛放進屎坑裡去，糞味都滲進指甲邊裡去。

　　這一夜，就像躺在一個化糞池裡……

A WORLD IN AN IRON GRILLE

07

PRISON

★	★	01
06	07	**(08)**
13	14	15
20	21	22
27	28	29

02	03	04	05
09	10	11	12
16	17	18	19
23	24	25	26

437日前

【紙筆】

【紙筆】
437日前

　　第三天，我在沮喪和難過中得到一個新希望，我收到信封。

　　監獄每月會派發四個信封，即一星期一個，信紙要用自己的人工買，但我暫時未有人工，於是只有信封。在一無所有之下，手上的信封仿佛像「超必」，即打機的超級必殺技，這四個黏有郵票的信封象徵著我能主動跟外界接觸，而不用坐以待斃，我第一次萌生起寫信給媽媽的念頭，我很想告訴她我在這裡生活很苦。我想寫信給助手，得知更多公司的狀況。我想寫信給凌美瑤，告訴她我現在很需要她的鼓勵……恰好，有位同倉主動走來跟我講解寫信的事宜，他叫麥當。

　　當：「咦老同，想寫信？」
　　我：「呃……係呀，不過無筆同信紙點算？」
　　當：「用錢買㗎要！」
　　我：「吓……咁請問最近嘅『些粉』呢？」
　　當：「一係等星期六啦，老職會派張紙畀你剔格仔㗎！」
　　我：「咁我咪要等到星期六先有得寫信？」
　　當：「你有無溝吖？」
　　我：「溝？」
　　當：「煙仔呀！」

我：「我暫時無……」

當：「咁就幫唔到你喇！」

我：「有漁的話就有紙同筆？」

當：「有漁嘅話要乜有乜㗎！」

我：「真係？」

當：「除咗女人。」

我：「唔……我想食羊架呀！」

當：「有呀！」

我：「冷氣！」

當：「會有人力冷氣。」

我：「我唔執屎！」

當：「自然有人幫你執！」

我：「真係?!」

當：「真！」

我：「嘩老同！你借我紙筆，我依家就寫信出去叫人托一箱漁入嚟！」

當：「梗係唔得啦！」

我：「點解呀？」

當：「無得托入嚟㗎！」

【紙筆】
437日前

我：「咁點算？」

當：「嗹你……」

我：「係？」

當：「殊……細聲啲……唔好俾司徒知道……」

我：「司……司徒係大佬？」

當：「叫做呢個倉嘅老總啦！」

我：「咁我點先有得入溪？」

當：「嗹咁，有山拜嗰陣，你同你屋企人講你要入錢落呢個戶口。」

我：「哦，即畀錢你屋企，然後你畀溪我？」

當：「老細你真聰明！咁我入得嚟都有一段日子，儲落都有啲嘅！」

我：「咁一包幾錢呀？」

當：「見你啱啱入嚟個人又無乜點，就同你劃飛啦！」

我：「即係點？」

當：「兩叉嘢五件。」

我：「呢度一包都幾貴喫喎原來……」

當：「無計啦，物以罕為貴嘛！」

我：「你仲有幾多包？我同你要哂佢！」

當：「無喇，我都係劃得一飛多少少，我都要留返畀自己㗎嘛老闆！」

我：「哦好，你依家借一張字同筆我，我同你劃飛⋯⋯再畀多半件⋯⋯搣你！」

當：「嘷係㗎喇！劃一飛連紙筆再加半件！」

我：「無問題。」

　　就由今天開始，我養成了寫信的習慣。由一星期一封，到後期有了更多的煙，能夠買來足夠信封信紙郵票後，有時候一星期會寫上三封，就是樂此不疲的寫寫寫，因為這是我唯一能主動跟外界接觸的通道和權利。出獄後，我把寄出過的信一一收集回來，一是不想我坐監的事洩漏，二是希望為大家選來當中幾封比較具代表性的，跟大家分享。

　　我向麥當口頭承諾，以半「件」煙買來一張紙一支筆，開始了我執筆寫字的習慣。

PRISON

★	★	01
06	07	08
13	14	15
20	21	22
27	28	29

02	03	04	05
(09)	10	11	12
16	17	18	19
23	24	25	26

436日前

【貨幣】

媽咪：

　　您在外面生活愉快嗎？天氣有點熱，小心中暑！我這裡雖然也很熱，但都過得不錯，只是有點孤單。想想，在外面時，原來也很少機會見您，一個月也吃不到一次飯，現在想起來其實很過意不去，我開始發現親情的重要性，當我放監後，會多一點陪您。對不起媽媽，原諒我這個不孝子，我會掛念您。

　　這裡是以煙作貨幣的，可以的話請抽空前來，我再向您講解多一點。

日辰上

　　用二百元（半件）買來了紙筆墨套裝，重新執筆打算寫很多字，但最後竟然寫出這些又短又行貨的寒喧，像教育電視般無聊，目的卻很明確，就是要她入煙給我。我嘗試加上不少修飾詞，如講天氣、講回憶，還懺悔了，希望媽媽讀過後會感動起來，然後立即過來探望我。

　　這裡只要沒有煙，就是沒有錢，沒有錢，生活就如地獄一樣，地位愈高的人會有更多收集煙的機會，地位愈低的人愈被地位高的人陰乾，試想想，一個白手初來報到，做A級的小員工一星期只有三十元。這裡的煙又貴種類又少，沒有純萬、lucky strike，也沒有貓七，只有監獄指定的兩個牌子，一個藍色包裝的叫華爾夫，一個白色包裝的叫珍多利，聽說都是香港製造，也聽說過這兩個牌子其實同一間廠，同一個老闆，是全港二十多間監獄指定牌子，相信大家都認為箇中定有玄機吧？其味道又差又多雜質，難抽之餘又快燃盡，比假煙更差，還要四十多元一包，或許這是令人戒煙的好方法，也是一種懲罰。是對以前吸過我二手煙的朋友，或是對這個城市，這個地球的破壞作出的補償對吧？

　　四十元一包煙，聽說每年都按比例加價，但囚犯的工資卻沒有加過，像外面的世界，普羅大眾的薪水根本追不上通脹，只是

【貨幣】
436日前

想不到在政府嚴密監管下的懲教署也有相同的「失誤」。單靠期數，根本無法負擔抽煙這個習慣，於是我們只有兩個辦法：一，是戒煙（我也知道阿媽是女人）。但監獄內是不可能有什麼戒煙工具如戒煙貼、香口糖等，而且周圍環境也無法令人專注，煙雖然貴，但抽煙的人依然這麼多，只有不抽煙的人進來後染上煙癮，而很少有人進來後成功戒煙。我在進來前已有煙癮，還有一點酒毒，酒當然不可能在監獄出現，但煙可不能不抽。少年監房那邊，因為大家都沒有得抽煙，我還能靠漱鹽水止癮。但這裡實在太難，四處都是引誘，就我目測，這倉內接近八成人都有抽煙的習慣，如果在這環境下還能抵得住煙癮，我想那人一定是聖人，聖人又為何要進來受靶？

　　二，是以外來的真金白銀兌換。監獄是名正言順地只支付外面最低工資的兩成給我們，我們每人的一舉一動包括工資都會有一個檔案白字黑字記錄低，於是乎，每個囚犯所持有的金錢也有規定，沒可能比檔案內的記錄多一元或少一元。更何況，監獄是不會給我們現金的，像北韓人般，所有人都是記帳。出糧了，我的帳簿會記下總結，然後每月派我一張像點心紙那樣的購物表格，上面就是我們能夠以薪水購買的東西。其實種類也變多，起碼比少年監房多元化，上至香煙，下至包裝檸檬茶、消化餅都

有，日常用品就比較類似之前少年監房的那種，有指定的毛巾牙刷洗頭水，通常大家都會花盡錢去買煙，餘額才隨意剔兩件日用品算了。例如我們不會笨實到選購洗頭水沖涼液，而一起夾錢買一嚿滑石（即肥皂），一嚿已很足夠給四個人共用足一個月（至於執肥皂這個迷思，容我之後再提及）。總之，煙是王道，在監獄裡，煙是支票、是黃金、是一切。

以下是我們世界購入香煙的正途方法。

首先，監獄裡不同期數有不同薪水，而期數裡又有不同崗位和階級，薪水也有高低，於是，我們每人手執的香煙數量也有多少，但就算做到主管級，每周最多也只有三四百元，以四十元一包煙計算，就算期數的工頭，每星期也只能從正途買到七包煙。但每個期數其實只有一兩個工頭，所以能從正途收購香煙的人其實很少，而且你要非常努力，努力在期數博表現「點檔」那班柳記，才有機會做到工頭，一般如我這些白手老襯，一個月或許只買到兩包不夠的煙，那怎辦？即我們永遠也無法買到足夠的香煙？

這點，實在要佩服那個天才想到的完美主意！是這樣的，我

【貨幣】
436日前

們雖然從正途無法買到足夠香煙，但還有一些偏門的，例如像麥當那樣，以相方家人作橋樑，在外面把錢過戶後，就在裡面完成交易，他會把自己的煙給我。這個方法的確很幫得上忙，像我這種初來報到的人哪來薪水？這就是能把現實的事情兌換成裡面的事情，當然，價錢就相當貴很多了。

我以為這就是第二個「正」途，但原來不是。

第二個黃昏，上完期數吃過飯後回倉，我正想跳上床之時，被一個大漢叫了過去，然後要我走到倉尾的角落。說實話，我很害怕，不關於我有沒有做錯，因為你根本無法知道何時得罪到別人，而那個人又是哪一路人馬，特別當你走到一個完全陌生的地方。

走到角落，我見到麥當縮著膊鬼祟地站在床邊，床上坐了一個M字頭的中年男人，我想他大概就是達叔所說的老總吧？

老：「你嚟咗咁耐，都未知你叫咩名。」
我：「于……于日辰……」
老：「你好，你可以叫我司徒。」

我：「司徒哥您好。」

司：「噂我唔係啲咩大佬，只係幫手維持吓秩序，等大家可
以和和氣氣咁生活。」

我：「係⋯⋯知道⋯⋯」

司：「咁所以，我依家要問你一個問題。」

我：「係⋯⋯」

司：「你係咪識呢個人？」

我：「呃⋯⋯傾過兩句咁啦⋯⋯」

司：「佢係咪私底下劃飛畀你？」

我：「呃⋯⋯唔⋯⋯」

司：「唔使驚，照直講，我知你新嚟，唔會當你『爆勇』。」

我：「唔⋯⋯佢有同我提過吓⋯⋯不過其實都係傾吓計
only⋯⋯」

司：「辰兄，所謂國有國法，家有家規，入得嚟就係一家
人，係咪？」

我：「係⋯⋯梗係啦！」

司：「牌頭，就一定要守。」

我：「係⋯⋯我⋯⋯我知道⋯⋯」

司：「好，不如我直接啲講，我哋係唔容許有人私下劃飛。」

我：「吓？係⋯⋯？咁⋯⋯」

【貨幣】
436日前

司：「呢個人係咪想同你劃飛？」

我：「唔⋯⋯都係傾吓計⋯無話劃⋯」

司：「好！我鍾意你夠雷。」

我：「多謝⋯⋯」

司：「依家我同你講解一吓我哋呢度劃飛嘅程序。」

我：「係⋯⋯」

司：「好簡單，我哋會代客劃飛，你叫屋企人入錢落我哋單
　　　位個冧巴就得。」

我：「然後呢⋯⋯？」

司：「然後我哋就會幫你搵一啲想放飛嘅老同去同你交易。」

我：「即係Agents？」

司：「無錯。」

我：「咁⋯⋯請問貴公司收開幾多中間費？」

司：「嗱，係咁嘅，千二蚊劃一飛，再收一件做手續費。」

我：「千二蚊？即係千二蚊四件？」這麼便宜？

司：「敢問，點樣計到四件呢？」

我：「一飛唔係五件咩？」

司：「邊個同你講五件？」

我：「吓⋯⋯」

司：「我哋計開一飛十件。」

我：「哎？麥當你個仆街竟然食水咁深，真係當我水魚咁撳
　　　㗎?!」

當：「咩呀辰哥，你唔好亂講㗎！你記錯咋，我邊有咁講過呀！」

我：「你都算衰㗎！食夾棍之餘仲要水多我一嚿？」

當：「無呀司徒哥，無呀，真係無，嗱我我我發誓！」

司：「麻煩大家撳佢落牆角，係，唔該晒。」

當：「司徒哥……司徒哥冤枉呀……我無……我無呀……」

司：「我擺個柳，傻熹，幫我係咁意整個『四拍四』佢嘆。」

熹：「係嘅司徒哥。」

當：「嗚呀！唔好呀司徒哥！熹哥手下留情我真係無做過
　　　呀……」

司：「記得塞住佢把口，唔好嘈親其他手足。」

熹：「係嘅司徒哥。」

當：「唔……唔唔……唔唔唔唔………」

嘭嘭……嘭…嘭嘭……嘭……

　　我終於見識到什麼叫「四拍四」，是夜麥當咳血咳了一整
晚，大概內傷了……

PRISON

★	★	01
06	07	08
13	14	15
20	21	22
27	28	29

02	03	04	05
09	10	11	12
16	17	18	19
23	24	25	26

433日前

【拜山】

【拜山】
433日前

媽：「仔你喺裡面有無俾人恰呀？」

我：「其實呢度都幾文明，唔係監獄風雲咁㗎！」

媽：「頭髮剪短咗咪幾好睇囉！」

我：「唉，唔好提。」

媽：「我本來帶咗啲日用品畀你，但係阿 Sir 話嗰啲嘢唔俾帶
　　　入㗎……」

我：「係呀……呢度個物品指南唔同少年獄房嗰邊，要重新
　　　跟住嚟買……」

媽：「咁仔你依家最需要乜嘢？」

我：「我最需要煙……」

媽：「食少啲啦仔，連 Daddy 都戒埋喇！」

我：「唔係呀 Mammy，唔係我食呀，係呢度係用煙嚟做交易
　　　㗎。」

媽：「即係點㗎？」

我：「我咪寫過封信畀您提過……呢度咩都要煙做交易㗎……」

媽：「例如咩交易呀？」

我：「例如我要剪頭髮、買紙筆寫信、借嘢等，都係用煙嚟
　　　換……」

媽：「咁我下次帶幾條畀你啦！」

我：「又唔得，無得直接入煙，要搵……」

媽：「搵邊個阿Sir幫手？」

我：「要入數畀一個戶口，然後我就有煙㗎喇……」

媽：「咁我入完錢點知你收唔收到？」

我：「得㗎喇，呢度好文明㗎！」

媽：「咁好啦，你畀個Account我，我盡快幫你入錢！」

我：「唔該晒Mammy。」

媽：「要入幾錢？」

我：「入住兩萬先啦！」

媽：「夠㗎喇？」

我：「費事Keep咁多啦。」

媽：「好！」

我：「係喇……Daddy唔嚟嘅？」

媽：「唔……」

我：「佢係咪好嬲？」

媽：「有啲啦……」

我：「佢咁要面，一定唔會認返我……」

媽：「點會呢！佢最錫就係你！」

我：「Mammy，我明白嘅……」

媽：「兩父子嘛，點會呢！」

【拜山】
433日前

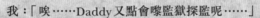

我：「唉……Daddy又點會嚟監獄探監呢……」

媽：「佢唔得閒啫，你都知你Daddy平時幾忙㗎啦……」

我：「Mammy，您嚟我已經好開心……」

媽：「Mammy好掛住你……」

我：「其實平時我都唔多喺屋企㗎啦…」

媽：「唔知點解呢，你入咗嚟之後，就覺得我哋分開咗兩個
　　　世界……」

我：「的確係……」

媽：「吓？」

我：「無……我好快就出返嚟㗎喇！」

媽：「仔……」

我：「Mammy，無事嘅！」

媽：「我前幾日睇咗你寫嗰封信……我……」

我：「封信都無煽情位……」

媽：「Mammy就係覺得感動……」

我：「其實我啲字係咪好核突？」

媽：「其實我好似未見過你啲字……」

我：「呃……又好似係……真係好日都唔會寫信……」

媽：「得閒寫多啲畀Mammy，Mammy真係好鍾意睇……」

我：「無問題，下次抄篇潮文畀您睇！」

媽：「潮文？」

我：「Mammy 您知唔知太古廣場 Sales 單嘢？」

媽：「PP？做咩事呀？」

我：「無，咁我下次話您知啦！」

媽：「咁神秘？」

我：「係呀！費事啲阿 Sir 聽到之後周圍講啦！」

媽：「你喺度食嘢慣唔慣呀？」

我：「OK 呀！呢度啲野其實唔差，仲有營養師專業分析！」

媽：「咁犀利？食好住好，唔使出嚟啦咁！」

我：「係㗎，哈哈哈哈！」

媽：「Mammy 呢幾晚都瞓唔著，成日驚你喺入面俾人恰……」

我：「無呀！呢度同出面一樣，有錢就 OK。」

媽：「咁就無問題，Mammy 會定期幫你入錢！」

我：「係喇……我架車最後點呀？」

媽：「撞爛咗……不過有全保，好似話會賠返個車價畀我
　　哋。」

我：「噢……」

媽：「唔怕啦，人無事的話，架車本身已經盡咗最大責任㗎
　　喇！」

【拜山】
433日前

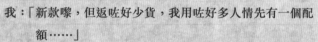

我：「新款嚟，但返咗好少貨，我用咗好多人情先有一個配
　　額⋯⋯」

媽：「唉唷！最緊要人無事嘛！車有幾閒喎，出返嚟再買過
　　一架囉！」

我：「Daddy一定嬲死我⋯⋯」

媽：「唉佢又都唔多揸跑車嘅，無所謂啦！」

我：「唔係呀⋯⋯個車行老闆係佢嘅好朋友嚟，我係碌佢
　　Credit買㗎⋯」

媽：「都係做生意，明買明賣之嘛！又唔會話有九折嘅！」

我：「唉唷您唔明㗎喇Mammy⋯⋯」

媽：「總之唔使擔心啦，你Daddy最錫就係你！」

我：「唔⋯⋯」

媽：「入面係點㗎？」

我：「入面⋯⋯唔⋯⋯好似入Camp咁囉⋯⋯無乜特別！」

媽：「係唔係㗎!?」

我：「係呀！一齊瞓覺食飯打吓波咁。」

媽：「有無黑社會㗎？」

我：「有就當然會有啦，學校都有啦！不過其實唔係想象中
　　咁多！」

媽：「咁有幾多喫？」

我：「一兩個實有喫喇！佢哋其實都OK nice喫！」

媽：「咁啲阿Sir惡唔惡喫？」

我：「都nice喫！大家其實打成一片，班阿Sir咪又係同我
　　哋一齊坐監啫！」

媽：「咁又係……有咩事記得話畀Mammy知，唔好收埋收
　　埋呀！」

我：「知道喇！Mammy您唔使擔心呀，除咗無車揸之外，其
　　他都OK！」

媽：「唔……」

我：「係呢……美瑤點呀？」

媽：「美瑤要做Intern，今日先至嚟唔到……」

我：「咁佢點呀？有無話好Shocking？」

媽：「咁當然係會緊張，佢係咁問你有無受傷！」

我：「仲有呢？」

媽：「問幾時可以嚟探你囉！」

我：「咁幾時會嚟呀？」

媽：「一個月好似得兩次探訪咋喎……」

我：「咁下次您帶埋佢嚟咪得囉！」

【拜山】
433日前

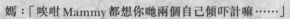

媽：「唉咁 Mammy 都想你哋兩個自己傾吓計嘛……」

我：「咁……」

媽：「多啲寫信畀 Mammy 就得㗎喇！」

我：「唔……我會㗎喇！咁我今晚開始要練練字喇，哈哈哈！」

媽：「有無擦膠㗎？」

我：「用原子筆㗎嘛，擦咩膠呀！」

媽：「係喎又，哈哈哈……」

警：「唔好意思，探訪時間到喇。」

我：「Mammy 您要 take care 呀！唔使擔心我㗎！」

媽：「仔，你都要事事小心，有咩事要即刻同 Mammy 講呀！」

我：「知喇！呢度有得特別探訪，有事一定會申請㗎喇，放心啦！」

媽：「Mammy 會好掛住你㗎！」

我：「放心啦，您都要注意健康，唔好食海鮮呀！」

媽：「Mammy 會㗎喇！你都唔好太夜瞓喇，養好身子呀！」

我：「下次見喇 Mammy！」

媽：「仔……」

我：「拜拜……拜拜……」

　　我終於明白為何電視劇會有老土的劇情了，真是要有離別的壓力，真心說話才會逼出來，這個臨別時刻，我真想穿過玻璃窗擁著媽媽，告訴她我每天也要在這裡執屎⋯⋯雖然有獄警在不遠處守著，但他們看來對犯人與家屬的對話並不感興趣，只是站在一旁玩手機，氣氛很鬆懈的。

　　媽媽是拿著電話，我就從一個像銀行櫃位的揚聲器和咪高峰對答，跟我印象中兩邊都拿著電話筒的概念不同，或許是防止悄悄話計劃 Prison Break 吧？

　　這次探訪感受是很深，那份親情是從未有試過的濃，以前也不多在家，中午起來就外出上班，四時下班就直落唱 K 跳舞桑拿，大多數也凌晨四時多才回家，回家已漆黑一片，洗澡後就躺在床上一睡就到第二天中午。我家雖然尚算富貴，媽媽仍然堅持工作，她在一所甲級女子中學任職副校長，專科教授中文，所以不學無術的我，中文尚算過得去。

　　她朝八晚四的工作時間是不可能遇上我，早上我還未醒來，晚上我不在家，只有每個星期天，我們一家上下聚首一堂到酒家飲茶，媽媽喜歡坐跑車，由爸爸當年的平治500SL、保時捷

【拜山】
433日前

964到現在我的LP560和C63，每個星期天，她也要獨自坐在我左邊的乘客座，然後要我踏盡油門跑一段路，她說當年爸爸也是這樣。而爸爸就駕著又重又笨的凌志LS600載著細妹和嫲嫲在後面跟著，因為司機周末放假。

我選擇比原本M6再多十幾萬的M6 Convertible，其中一個原因是其開篷感覺像極爸爸當年的500SL，那為何不乾脆買一輛SL63？是因為平治看上去真的又蠢又老土，上至標奇立異歐翼門的SLS，下至新款A-Class，看上去都有濃濃的中年味，我怕駕起平治的車，被人說我是偷老爸的車出來招搖撞騙。

說回媽媽，我們雖然見面少，但我是很深切知道她有多愛我，她除了盡力滿足我的要求，還不斷包庇我這個不肖子。中學時不斷犯事，下至遲到、抽煙、打架，上至男女糾紛、欺凌、風化事件，媽媽通通以鄰校副校長身份親自前來和解。事後她總是對我說一句：「乖啲啦BB！」中學後我到過英國留學，但英文實在太深，以及學校風氣沉悶，我都不多上學了，然後整天跟一班合得來的同學嫖賭飲吹。基於我有一條噴不完的水喉，大家都對我俯首稱臣，養了一伙酒肉朋友。一班朋友終日召三四個金髮妓，一起在我租住的小房中喝酒、賭錢、抽大麻、雜交。開

A WORLD IN AN IRON GRILLE

首，女伴只是妓女，然後我發現只要有錢，不少外來的留學生都願意下海，日本的「吧媽哆」、韓國的「哦爸柯篤茄」、台灣的「真打炸打」，甚至泰國的「沙娃利給」都沒問題，唯獨要找一個同聲同氣的鄉里是比較難。

每天花天酒地，天光死氣喉天黑攬膊頭，直到鄰居終於受不了噪音滋擾，向警方和管理處投訴後，我除了被逼遷之外，還有便衣警察到來調查，最後發現當中有未成年少女和藏有過量毒品，作為住所租客的我當然上身，我爸媽連同相熟律師一同前來救駕，花了不少錢，基於證據不足利益歸於被告之下，最後都打甩，但我在利物浦的糜爛生活終被揭發，我除了把學費兌現來玩樂之外，還染上了輕度毒癮，身形明顯變得瘦削，爸爸很生氣，立刻要我回港，從今以後不再讓我留學。

媽媽也沒法子，唯有替我找出路，想盡辦法也無法替我這個會考只有三分的地底泥找來學位，最後到了艾大升學，讀動畫設計。我每天就駕著爸爸心愛的456GTA上學，車還要泊在校長的99年E300旁邊。所謂慈母多敗兒，或許她是最仁慈的母親，而我就是最敗家的兒子。

【拜山】
433日前

　　這天，我的感受很深，跟媽媽離別一幕到現在依然歷歷在目，這個晚上像回帶般不斷想起那些年，由我還小的那些年，到我每一次生事、每一年生日、每一個初一都有媽媽的一臉慈愛，無論我有多不肖，她還是把我當做上一代人所說的「金回籠」，無論我多麼一事無成、不學無術，她一樣以我為于家的榮耀。

　　也許是因為這是首次的監獄探訪，感受特別深，也許那時我還未適應監獄生活也許那時的而且確過得很困難。直至後來我有了無盡的香煙後，監獄成為了我另一個樂園。但我依然期待每月兩次的探訪，這是他們俗稱的「拜山」。

A WORLD IN AN IRON GRILLE

10

PRISON

★	★	01
06	07	08
13	14	15
20	21	22
27	28	29

02	03	04	05
09	10	(11)	12
16	17	18	19
23	24	25	26

413日前

【放風】

【放風】
413日前

　　很多人都知「放風」是監獄內的用語，意指讓犯人走出牢房，到室外透透氣、散散步、做做運動、曬曬太陽，但在裡面，我們是叫「行街」，例如伍仔會説：「收到風今晚踢倉，陣間行街時將啲金枝落定豆喺草叢！」。

　　「踢倉」指獄警進來監倉檢查，「落豆」就是指把違禁品收起來，伍仔會把東西藏在操場旁邊的草叢、籃球架底、冷氣機架上。除了違禁品，煙也會收在不同地方，令自己看上去身無分文，讓他乞煙乞得理所當然……所謂狡兔三穴，他是最狡猾的烏兔。

　　我們每天都有一小時走到室外自由活動，當然有些期數能到戶外，但只有行街時，四肢才能自由舒展。想起以前，寧願留在家蒙頭大睡都不願到外面走走，現在整天也被困在籠中，是多麼期待每天能到室外自由活動。然後就深切體會到我家兩頭比高狗，每天也期待外出的心情；每天到了特定時間就會撒嬌，撒得你心煩意亂不得不帶牠們到外。

　　原來自由並不只是吃喝睡，長期被困在室內，是會令人身心耗損，所以，無論天寒地凍或天時暑熱，我們每天還是多麼的期

待走出室外伸展伸展。

　　一天一次一小時，早午晚就視乎時間表，我們要跟鄰倉輪流分享操場，每人輪著早午晚放風，喜好因人而異。我比較喜歡白天，因為白天有太陽，或許有點感性，但我想說，自從進來以後，我有了一個新想法：「只有陽光才能讓我感到真正活著」。

　　一小時的放風，有人會踢足球、打籃球、打康樂棋、圍著操場跑步。天時暑熱大家就到樹蔭下乘涼，聊聊天。一小時其實很快就過，但至少每一天睜開眼唯一值得欣喜期待的事，就是「行街」。

　　我喜歡曬太陽，脫掉囚衣，打打籃球流一身汗，實在地感受自己的存在，或許不是因為籃球、不是因為太陽，而是操場就是最接近自由的地方。日子久了，我們甚至會認為操場是唯一讓我們重新做人的地方，在操場上，我們都自由了，不能做天上的鳥，也能當一小時的狗。然後我又想起我家兩頭比高狗為何這麼喜歡數碼港的大草原，因為在那片草地，是會有一絲回到大自然的感覺。

【放風】
413日前

　　我個子中等，剛剛合乎高登仔的身高，僅僅適合籃球這項活動。雖未至於像林書豪般標準，但也能加入校隊，男兒當入樽一番。小時候的物質除了電子遊戲機，就是波鞋和波鞋，我可是儲來了所有價值連城的球鞋款式，空氣佐敦一至十五代不在話下，當中的一代、五代和十二代我更收集了所有顏色。還有高比在Adidas時的四代鞋款，可花了不少時間才儲齊一套。零散的如夏特威、柏賓、保頓等，都成為收藏精選。那年代的球鞋款色一流，每個球星都有專屬款色，比現在一個鞋款萬人分享來得有誠意。

　　我喜歡穿起貴價球鞋，看到其他人羨慕眼神，球技比拼已不再重要。中學時的校隊也算屬害，學校要保持運動水準，經常買球員回來，當年能夠參加Nike League是每一個青少年的籃球夢，我們陣中就有四個，我是其中一員。

　　但我是以人際把來位置，那年媽媽替我搭上搭，聯絡到一位香港體育協會的主任，那個主任再跟一個負責選拔的教練要求預留一個位置，過程是有點迂迴，但最後我也能參與其中，雖然只是個大後備。

A WORLD IN AN IRON GRILLE

11

　　我不期望出賽，反正場內的人大部分比我優勝，好勝心又比我強，我只需要那些印有 Nike League 的球衣球鞋已經夠滿足，穿上它們到外面跟街外人切磋，未打先贏一半。校隊其餘三個 Nike League 確實是厲害，中學時已經入選青年軍，中學後繼續籃球夢，而我就如前文所説到了英國。

　　因為成長期得到長時間的正統訓練，技術也算得上有板有眼，但英國流行足球，漸漸都對籃球淡漠了，連同球鞋都一併放棄，轉讓有需要的人，例如我表弟。但意想不到，這個放下多年的技能竟然能在這裡大派用場！

　　坐監其實真有點像入讀寄宿學校，我們也會定期有足球、籃球、康樂棋比賽，三五成群組隊比賽，然後職員會隆重其事搞一個決賽；先在同倉打複賽，同倉冠軍再跟鄰倉角逐最後總冠軍。冠軍獎也很小學雞，很多時是盒裝檸檬茶一條、消化餅兩包，但真正的獎品當然並非這些，而是囚犯與囚犯之間的盤口和賭注。

　　監獄內的生活也許大部分時間都很乏味，於是我們是什麼都會拿來做賭盤，例如今天電視劇裡，楊怡第一次出場時穿什麼顏

【放風】
413日前

色的上衣、阿Sir哪一天來踢倉、誰跟誰哪天會抵不住「開波」隻揪，隻揪又哪一方先倒地⋯⋯這些只是獨贏，還有連贏、3T、二串一、三串一，例如明天下不下雨加放風時間再加晚餐後留下來的橙，單還是雙數⋯⋯只能説，大家都太悶了。

同倉中，我的籃球技術算數一數二，因為他們只是亂拍亂擲居多，通常以氣力取勝，我以前當得分後衛或小前鋒，射程遠之餘腳步也純熟，深得籃球組歡心，大家很重視我在球場上的表現。平日只是玩玩的時候已深得各路人馬關注，到真正籃球比賽時，大家都爭相跟我組隊外，籃球的盤口更是豐富，賭注比其他運動高很多，他們説我復興了祠堂的籃球事業。而其實我早已對籃球失去興趣，為的只是曬曬太陽，感受自由空間而已。

但籃球賽對我還是有好處的，在我等了一千年還未收到「飛」時，生活繼續赤貧，但籃球賽卻令我多了一份收益。

大家會單買我能勝出或落敗，還會像買大細般買我能進多少球，有超過十球、十球以下、二十球、十至二十球之間。像英超球員般，我會偷偷收下莊家的錢去完成他的期望，當然我也動過腦筋，打假波也要像樣，例如今場大多人買我能射入十至二十球

之間，莊家要我十球下或二十球以外，我會選擇努力射入第二十一球而不會「拉馬」低於十球入球。而且我不會答應把球賽輸掉，因為我知我的價值就是勝利，寧願別人賭我能連勝多少場，也不想讓大家失望。

我跟兩位不太熟悉的同倉組隊，然後一口氣連勝六場，把同倉擊敗後，再跟鄰倉三隊比拼，前前後後，賽程總共兩星期多。

籃球改變了我的生活，這個月它就讓我賺來五包煙，只要我努力一點打好球賽，又適量調節入球數量，煙是不斷的來。有了煙，我有了權利，生活自然改善，起碼現在我不用再親自執屎，我花了三包煙，叫另一位負責分上衣的期數老同替我處理我的崗位事務，即他收了我錢以後，除了要分上衣，還要分褲子，一個人處理兩件事情。

三包煙，他會替我辦事一個月，我不用再碰屎尿血，工作時間就躲在一邊角落健身、然後乘涼、小睡，生活寫意。另外兩包煙，一包留來自用，另一包花來換多一張毛毯和多一件外套一星期。冷天時，一張毛毯實在不夠暖，半包煙是物有所值，然後你問，何來多一張毛毯？要知道每人就只有一張，不能多不能

【放風】
413日前

少，於是，當然是有人晚上沒有毛毯蓋、白天沒有外套穿了。但不要可憐那個把毛毯租借給我的人，因為監獄生活就是如此，相信大家也開始量度到一包煙的價值大概是多少了吧？

籃球讓我重新得到喜悅，喜悅源自賄款，有了煙，生活是大大改善了，聯倉籃球賽期間，我每天只要努力比賽就有溫飽與及享受，除了睡覺時多一張毛毯、起來時多一件外套之外，早上還有人替我摺被，因為深受一位大哥賞識，刷牙也不用排隊，直接隨大哥衫尾插隊。吃飯時，因為我的勝利而贏煙的人會把橙分給我，晚上，買了按摩服務的人會叫受薪的骨仔過來替我按摩，希望我明日有更好表現，籃球賽讓我在監獄的生活充滿姿采，實在意想不到我竟然成了職業籃球員……

聯倉籃球賽終於告一段落，我隊最後也沒有贏得總冠軍，因為鄰倉竟然有一個前國手級的ON（印巴藉囚犯），神奇、頂級、超卓，一個神級ON加兩個大漢，我們只能輕嘆一口天外有天。

籃球比賽後，我再沒有如此龐大的收入，充其量只是同倉的小賭怡情，但這已令我在倉內的名聲得到正面提升，我不再叫阿羊，他們那段時間叫我做高秋。我本身不知道這是什麼名字來

的，後來才知道是一套ON9到無論的港產籃球片，戲中由鄭伊健
飾演的主角高秋像懂舞空術，能隨意飛上籃球板頂乘涼和把女的
籃球之神。

PRISON

★	★	01
06	07	08
13	14	15
20	21	22
27	28	29

【電視劇、強姦犯】
408日前

在劃飛交易還未有完成之前，我繼續過著一無所有的生活，繼續在洗衣期數分叉燒執屎尿血，繼續吃餿飯飲假奶，繼續輪班洗廁所，繼續跪求同倉分享三手煙止癮，繼續安份守己當一個白手。

無論學校又好，辦公室也好，世界就是奉行「新嚟新豬肉」，白手自不然也有白手的待遇，那就是黑手、單位不願意做的事。他們不願做的事，都由沒有單位、又沒有煙的老視處理，老視底白手的生活是相當艱苦，一想到距離出糧還有兩個星期就想吐。我像貧民區的窮困小村民，看著一些同倉拿著紙包檸檬菜、香蔥餅、消化餅，心裡就不其然的酸起來，我跟他們彷彿像活在不同的世界，他們是搬進來生活，我才是坐監。

我身上連一支煙也沒有，就如你小學時身上一張食物券也沒有，雖然上晝吃了早餐才上學，中午時間又有午餐供應，不愁餓死。但當你在早會前、小息時、體育堂之後見到同學仔都在小賣部飲可樂吃童星點心麵時，你只能在飲水機前彎著腰，按著按鈕喝著充滿鐵銹味的過濾水時，心裡總是不是味兒。不能自由選擇任何物質享受，吃飯只為了充飢，喝水只是解渴。

A WORLD IN AN IRON GRILLE

上學還好，除了刻板的生活，讀書還能求到知識，但坐監，就只是虛耗光陰，毫無建樹。每天，我就吃一碟垃圾，然後對著一堆垃圾，再吃一碟垃圾後，繼續對著第二堆垃圾。下班後回倉呆著，坐到吃另一碟垃圾的時間，然後看無線劇集，即是另一堆垃圾。

在囚期間看了幾套無線垃圾劇集，但電視這事情是值得提及的，因為無線除了俘虜香港上下師奶的心，其實對在囚犯人也有深遠影響。我們每天只有一小時能看電視，但六時至七時的時間，無線又有什麼劇集看？所以監獄會把昨天錄影了的無線劇集，在晚飯時間播放，有人會問為何總是無線，這一層，就要連同「為何我們只有華爾夫和珍多利香煙」一同咨詢懲教署署長了。

這年看了起碼六、七套無線膠劇。最記得的是那一套像AV橋段的換妻鬧劇，胡凼凼換李詩韻搞李思捷，概念鳩到無論，亮點只是李詩韻的美腿。在完全沒有女人的監獄裡，李詩韻每集總會出現的長腿成為了我們每天期待的環節，那陣子真的多了人晚上落night（打飛機），有時扇把（廁所）熱鬧到我連夜尿也不想去。

【電視劇、強姦犯】
408日前

　　另一套叫《當旺爸爸》，劇情極之無聊，亮點是劇中每一個角色都是押住韻説話，「例如父女團圓，開心過食湯丸」、「只要爸爸開心，即刻去食雲吞」等，實在鳩到離罩，我們雖然邊看邊鬧，但那陣子卻興起一陣押韻潮，整個倉都押著韻説話，風靡到連阿 Sir 都跟著一起押韻，因為這套膠劇，我們竟然有打成一片的時刻。同倉説我有預知能力，因為我在第三集見到BBQ的場面，已經心知事有蹊蹺，於是跟他們打賭「最後會以什麼場景為大結局完場」，我賭上 J 説：「一定係BBQ！」結果真是BBQ，我贏了一整個月的期數人工。

　　或許我們的生活實在太悶，每一次有新劇，只要劇情有一點特別，都會迅速成為倉內的潮流。最深刻一套叫《回到三國》，老鬼們最喜歡，一邊看一邊大談歷史，才知道他們原來也挺有文學修養！因為這套《回到三國》，書櫃上多了幾本《三國演義》，整個倉都成了角色扮演。無端端把三個字頭變成魏蜀吳，和記是魏，乗把是蜀，老潮是吳，老襯是村民，而II（大陸人）和ON（非華裔）就是外族。他們曾經因為這種分類而發生推撞，直至《回到三國》熱潮慢慢褪去，問題才慢慢淡化。

　　可想而知囚犯其實也像小學雞般玩小學雞玩意，因為我們實

A WORLD IN AN IRON GRILLE

在太悶了。三國時期中，我被抬舉成陸遜，原因是那時候，我在大倉的身份已經因為藍球比賽而「升呢」，大家也頗給面子。

這倉是由老潮管理，於是老潮的老總就是這倉的話事人，那人就是司徒。他除了熟悉歷史，上至天文下至地理也無一不曉，稱他智者當之無愧。因為司徒樂於討論《回到三國》，倉友們才瘋狂參與三國角色扮演，我們會改口相稱大家的角色名字、倉內發生的情況也以三國歷史場景為比喻，例如一天，有一位新成員入冊，就成了一場三國的著名場景──「三英戰呂布」。

那天來了一個新囚犯，叫林克勤。看上去沒怎麼特別，本來以為他是普通一個阿羊，豈料他被送進倉時，阿 Sir 拉著他然後大聲宣告：「3612438，老強，五碌。」我記得我進來時阿 Sir 並沒有大聲朗讀出我的罪行和刑罰，突然想想，要是這樣也挺好，起碼我不用逐次跟人利益申報。

此時身旁的達叔跟我說：「老同，今晚有好嘢睇喇！」是招待會嗎？為何要教訓他一頓？是司徒的殺父仇人嗎？

門一關上，坐在上格床的就爬下來，坐在下格床的就起

【電視劇、強姦犯】
408日前

身，一同走上前把他包圍，三個單位的人站在最前，我們這些無
字頭老襯就在後面看。第一個發言的人是吳國的甘寧……

甘：「喂438，係咪衰風化？」

林：「咁……咁多位大哥，可唔……可以放我一條生路……」

甘：「得！只要你講我哋知搞過咩女入嚟！」

林：「我……我玩私影……」

嘭！

此時有人突然衝出來給他一技泰式膝撞，如果玩拳王的
話，一定是後前重拳！林克勤應聲捧著肚臍倒地，狀甚痛苦，動
武的人是魏國的大個子夏侯惇，我想這一技一定痛到入心。

夏：「影還影，點解要郁手郁腳！」

林：「傾好價錢做Hand Job㗎喇我……」

夏：「人哋用手幫你出吓嘢咪算囉，點解要搞埋人？」

林：「我……我唔想㗎……我控制唔到…咋……」

嘭……嘭……嘭……嘭……嘭……嘭………

12

又有人走出來向地上的他不斷腳踢，踢至他倒在地上頭破血流。他是蜀國的張飛，真名叫喪強，是名一等一的金牌打手，整身也是刺青，惡形惡相，看上去像極張耀揚。

張：「控制唔到？控制唔到？」甘寧不斷在踢，過程中沒有人出來阻止。

林：「嗚……嗚……嗚呀……求你……求你唔好打………」

張：「我都，控制，唔到呀！吓！吓！吓！」如果被踢的是我，相信胃早就給他踢破……

林：「佢引誘我咋……嗚……嗚……」

張：「你都引誘緊我揼柒你！」嘭……嘭……嘭……甘寧好像失控了……

林：「對唔住，對唔住……放過我……放過我……」

司：「Hey喪……呃唔係，阿……飛哥，你咁又未免對呢位老同太唔公平喇！」

張：「咁孫權先生你有何高見呢？」

司：「不如你哋冧把派埋關公同劉備出嚟三英戰呂布啦！」

張：「吓？佢係呂布？」

司：「或者人哋好好揪呢？」

【電視劇、強姦犯】
408日前

張：「哦好！阿關公，老威哥你哋點睇？」（老威哥是劉備，
　　輩份問題喪強不敢直稱劉備。）

關：「我OK呀！唔打斷佢兩條火腿我唔姓關！」（這位飾演
　　關公的老同真的姓關。）

劉：「嘿嘿嘿，我要佢過唔到今晚！」

林：「咁多位大佬唔好呀……我……我咩都肯做……求你哋
　　放過我……」

張：「起身！」

　　林克勤被張飛拉起來，説要堂堂正正對決，其實根本還是人
多蝦人少，三打一，那個「一」還要是早被打至頭破血流，胃穿
肚爛，只能僅僅站起來，三個「滿血」打一個「閃著燈」的實在
很不公平，但説穿了，只不過是一個藉口而已。

　　聽達哥説，只要衰風化，進來一定被虐待，偷拍裙底又好、
非禮又好、強姦又好，都一律被打至半身不遂，不能安然渡過第
一晚，林克勤也不例外，劉關張三人簡直把他當成玩具，一個從
後鎖住他的頸令他動彈不得，另外兩個就輪流後前拳下上腳，圍
觀的人一見林克勤吐血，就會笑著「嘩」一聲出來，他被打至牙
也甩了一隻出來，鼻和口早已染成鮮紅，四肢被打瘀，這是我生

平見過最殘忍暴力的一個畫面，實在太慶幸我沒有衰過風化。

　　林克勤已被打至失去意志，突然有一個人跑出來一腳踏到他的左小腿，「啪咔！」我是很清楚地聽到兩下骨折聲，是極度的毛骨悚然，本來狀似昏迷的林克勤應聲哀鳴大叫一聲：「呀呀呀呀呀呀呀呀呀呀……」踏斷他腳的人是吳國的周瑜，就是「四拍四」打到麥當內傷的傻熹，人如其名，傻的。

　　熹：「頭先唔係話有人要打斷佢兩條火腿嘅咩？」
　　關：「喂傻……喂周瑜，你唔係想搞事呀嘛？」
　　周：「我都係見你哋軟腳蟹啫！」
　　張：「喂傻……周瑜你係咪想我同你開埋波呀？」
　　周：「嘿！你夠我揪咩？上次入廠瞓到失憶呀？」
　　張：「吖你老母！」

　　然後張飛就一技飛腳踏去周瑜面前，周瑜輕鬆避開後，踏前一步扣著張飛的手臂，以MMA格鬥技把他摔倒在地上，過程是有三個程序，捉、Lock、摔，但實在太流暢，看上去只是一技重拳加重腳的「撻」技，被摔在地上的張飛還被周瑜鎖著手腳動彈不行，周瑜只需加多一點氣力，張飛的左手和右腳就能一拼折斷。

【電視劇、強姦犯】
408日前

周：「喪強……呃唔係，張飛，你投降未？」

張：「投你老母呀！」

周：「咁你唯有入多次廠喇！」

正當周瑜發力，要把張飛鎖至殘廢之際，孫權突然出來喝止。

孫：「阿熹！」

周：「係。」

孫：「算數啦，今晚主角唔係喪強。」

周：「唔……」

孫：「喪強俾個面我，大家當切磋吓，三秒後不計前嫌。」

張：「嘎……呢個場係司徒哥你睇，你話點咪點囉！」

周：「慳啲啦你，唔係司徒哥，你早就收皮喇！」

孫：「收聲。」

　　周瑜慢慢放開張飛，眾目睽睽下，張飛也沒有乘人之危絕地反擊，大家雙雙起來，然後背靠背分開，張飛當然滿肚不屑，但也實在技不如人。看來周瑜的確吃過夜粥，看他一身鋼條身形，大概在外面真是個職業拳擊手，只是三四秒間的對決，但比起無線的假膠動作情節實在好上多倍！有一個這麼好打的周瑜在旁，孫權在倉內當然定過抬油。

小插曲過後，焦點又回到林克勤，即呂布身上。

大家好像意猶未盡，還想翻執多一次。滿身鮮紅的林克勤早已失去知覺，但以沒底線的戰士們來說，只要再給他多一點刺激（例如剛才一技踏斷腳重擊）定能把他喚醒……

但就是未有人走出來打開話匣，最後由這個倉的老大發言。

孫：「如果大家都覺得差唔多嘅話，就係咁多先啦好嘛？」

曹：「咁咪便宜咗個打靶仔？」

劉：「頭先嗰啲薯仔交嚟咋喎，起碼都送個打樁機畀佢啦！」

關：「哈！上次嗰件打咗一樁就變咗白痴喇喎！」

曹：「變咗白痴咪好囉，等佢出返去嗰陣唔會再搞嘢。」

孫：「上次搵老襯明銷，今次又想搵邊個？」

曹：「……」

孫：「教訓吓佢咪算囉，無謂做多咗得不償失吖！」

劉：「司…阿孫權講得啱，無謂搞到其他手足！」

警：「踢倉，爆骨。」

【電視劇、強姦犯】
408日前

保：「做咩！做咩！係咪有人打架？」

警：「邊個打成佢咁？!」

保：「做咗嘅自己企出嚟認！」

囚：「…………」

保：「司徒！」

司：「無呀，佢行行吓跌親咋。」

保：「跌親會跌到咁傷嘅咩？」

司：「我哋幾十人睇住佢撞落床角再反彈去牆角度！」

保：「咁神奇？」

司：「我都嚇咗跳！」

保：「無好似上次咁撞親個腦嘛？」

司：「應該無。」

保：「喂998，你頭先睇到啲乜嘢？」

我：「吓……我？我……我頭先瞓咗喇喎……」

保：「頭先咁嘈都瞓到？」

我：「我今日比較边，Sir！」

保：「唔好呃阿Sir呀吓！」

我：「唔敢。」

保：「你都唔想加隻㗎？」

我：「唔想，Sir。」

保：「唔。」

保：「227、573，過嚟幫手抬佢出去。」

227和573跟我們一樣是囚犯，但他們是被安排負責替獄警辦事，我們稱這職位「B仔」。他們事務比我們繁重，例如派信、送飯、買東西等，還會替獄警們執拾、清潔辦公室等近身的事，是比較辛勤，但他們有幾點好處，因為當B仔的老同通常也得獄警信任，那自然事事順利得多，例如：

一，不用返期數，順利避開枯燥乏味的人力工作。

二，大多時間比我們自由，活動範圍比我們大。

三，人工高之餘，還有外快，例如我們口渴想飲水、天氣冷想多一件毯、抽煙要火柴，全都要B仔送來，因為那些都是B仔管，我們要給他煙才有這些服務，於是，B仔自然收入豐富。

獄警、保安和兩個B仔抬著「跌損手」的新人離開，大燈再次關上，倉內氣氛又平伏了，大家都回床躺下。我問達哥要是我抵不住招供了，情況會怎樣。

【電視劇、強姦犯】
408日前

達：「做兄弟有今生無來世，你知唔知最唔要得係咩？」

我：「勾義嫂？」

達：「係做『保馬』呀！」

我：「BMW？」

達：「保馬即係二五仔！」

我：「咁會點㗎？」

達：「下場一定慘過嗰個老強！」

我：「嘩……但如果啲柳記唔放過我一樣死㗎喎……」

達：「最多咪食水記飯！但你做保馬，會盡斷經脈，五馬分屍呀仔！」

我：「嘩……」

達：「擺橫（睡覺）喇老同，聽日再講。」

　　「三英戰呂布」就這樣暫且告一段落，結果呂布在是次對決中總共斷了一腿、左肘部骨碎、胸骨和背骨也有裂痕，呼吸出現困難，需要送往監獄內的醫院留院觀察，有機會要再送往公共醫院接受治療，預期大修兩個月。

　　其實正常情況，八時半大燈關掉後，除非太吵鬧，不然保安們都不會過來巡視，但這個晚上，他們突然爆骨（開閘門）進來

124

查監，實在有異於平常。

送來時先宣佈他的罪行，四十五分鐘後再回來執屍，他們好像刻意給我們時間整頓這個強姦犯一樣。達哥說，監獄內早已有一套習俗，只要是衰強姦入冊，都會被嚴刑，無論在問罪時或入獄後。

各位巴打，我要鄭重勸勉大家千萬別貪一時之慾念而霸王硬上弓，召妓或幫襯援助交際切記付足錢，就算是友誼波，也有可能被屈，需知在監獄裡面，就算你真的被屈，大家都會照行刑，因為所有強姦犯都會說自己是無辜，但監倉內一律奉行寧殺錯勿放過制度。真老強了的人被嚴刑是無可厚非，被港女屈進來的，更是不值！於是，大家要在性愛中保護自己，做足措施，保障自己。

為此，我做了一點資料搜集，找來幾個要點給大家傍身：

.1) 看更阿伯是朋友，管房阿姐好幫手

性愛乃二人之間的事，有事發生向來都是口同鼻拗，但如果任何一方能提出人證，說服力便大幅增加，而我們的首個目標就是樓下看更。帶女伴上樓前，要記得當著他面稍示親密，攬攬錫

【電視劇、強姦犯】
408日前

錫那些不在説，雙手閒來時要輕度抽水，既能提升情趣情挑女伴外，又能娛樂看更阿伯，解他守夜寂寥。其實，這是能提供事前親密證據，一舉三得！要是能夠加上「一陣你就知死」這類肉麻對白，那就更添把握。如能惹來女伴回話如「好衰㗎你」，效果更佳。假若你沒有帶女回家習慣而選擇酒店爆房，那更好辦！不論酒店是否有附送，劈頭便問阿姐有沒有避孕套，緊記要當著女方面前問，令阿姐證明你們雙方已有大戰的準備！準備好一切才上房。

2) 3P

看更阿伯只是輔助性質，最好的人證當然是同在床上的證人！養兵千日用在一朝，出來行走江湖，一個值得信任、床上又合拍的性伴侶必不可少，只要相約 Sex Partner 一起來跟現有女伴來個 Threesome，既能體驗三人行的樂趣，又能令過程中有可信之人提供最有力證據，保證金牙大狀都鋤你不入！不過要注意，你這個拍檔必須是女性，因為此等事情女人才有公信力，如果是兩個男人跟一個女人3P，只會弄巧反拙，請準備跟好友同時被控輪姦吧……

126

3) 做愛自願合約

這是一個講求實證的法治社會，今時今日，我們行事要均真，白字黑字句句屬實。只要能令對方在行房之前簽訂合約，證明雙方乃自願做愛，一紙勝萬金。事前拿合約出來說服對方簽個名畫隻龜或蓋個指紋，或印上唇印也可以。至於如何說服對方簽下看似如此無稽的合約，就靠閣下功力。理論上，哄得女上床，叫她簽個名「其實唔難」吧？本人已草擬一份合約證書，以作參考：

茲證明本人 _____ 身份證號碼 _____（　）

　　於 ____ 年 ____ 月 ____ 日於地點 _____ 在完全理性、清醒與及自我控制的情況底下，以自由意志決定與男方 _____ 身份證號碼 _____（　） 進行合法性行為。

　　　　　　　　　　男方簽署 _____ 女方簽名 _____

PRISON

★	★	01
06	07	08
(13)	14	15
20	21	22
27	28	29

02	03	04	05
09	10	11	12
16	17	18	19
23	24	25	26

400日前

【拜山二】

【拜山二】
400日前

我：「嗨……」

凌：「……」只是微笑了一下。

我：「好……耐無見……」

凌：「唔……」

我：「妳好嘛？」

凌：「OK啦……近排學校多嘢搞……」

我：「唔……」

凌：「點呀你……識咗你咁耐都無見你啲頭髮剪到咁短。」

我：「涼爽嘛……」

凌：「咁凍，仲涼咩爽喎……」

我：「想唔想知點解坐監都要剪短頭髮？」

凌：「係點解？」

我：「因為怕我哋頭髮太長，長到可以放把頭髮落牆外俾人
　　　爬入嚟劫獄呀！」

凌：「長髮王子？」

我：「係呀！Rapunzel, Rapunzel, let down your hair！」

凌：「咦你仲記得？」

我：「哈哈……記得呀……」

凌：「你知唔知Auntie好擔心你？」

我：「都正常啫，妳個仔入咗冊妳都擔心啦！」

凌：「Touchwood 講過！」

我：「哎⋯⋯Sor⋯⋯」

凌：「Aunite 話每次見到你啲信都忍唔住喊。」

我：「因為我手字真係好醜樣⋯⋯」

凌：「你點解唔寫信畀我？」

我：「驚妳嬲咗我⋯⋯」

凌：「嬲你移咗民唔話我知？」

我：「係呀⋯⋯」

凌：「嬲㗎！不過聽講你由被捕到入嚟只係一兩日之間嘅事咋喎！」

我：「所以無辦法同妳Say bye⋯」

凌：「唔⋯⋯」

我：「點呀⋯⋯有無掛住我？」

凌：「擔心你多啲！」

我：「唔使擔心，我喺呢度幾開心。」

凌：「點會？」

我：「點解唔會？」

凌：「坐監喎⋯⋯」

【拜山二】
400日前

我：「慢慢就習慣，然後就識苦中作樂㗎喇！」

凌：「例如呢？」

我：「例如我期待曬太陽嘅時間。」

凌：「曬太陽？」

我：「係呀，我哋每日都有一個鐘時間出去室外打吓波 Hea
吓傾吓計㗎！」

凌：「你以前三點不露㗎喎……」

我：「依家朝早六點就要起身……不過真係慣咗……」

凌：「唔……」

我：「我媽咪有無同妳講可以帶啲咩畀我？」

凌：「有呀，我帶咗本書畀你睇，獄警叔叔都話OK。」

我：「係咩嚟㗎？」

凌：「係一本講人生嘅書，我哋副校長寫㗎！」

我：「嘩……」

凌：「好睇㗎！」

我：「哦好…多謝妳……」

我：「妳會唔會等我」

凌：「一年啫，好快就過。」

我：「係十一個月。」

A WORLD IN AN IRON GRILLE 13

凌：「係囉！唔好擔心咁多，好快就出嚟㗎喇！」

我：「妳會唔會等我？」

凌：「你驚我會鍾意第二個？」

我：「我女朋友咁好，驚佢俾人溝咗！」

凌：「以前你有無驚過？」

我：「驚㗎！」

凌：「但你好似唔多緊張咁喎！」

我：「緊㗎！不過工作忙嘛，無辦法啦⋯⋯」

凌：「你出返嚟之後都會好似以前咁忙㗎啦！」

我：「唔會喇！我就係覺得以前無好好留返啲時間畀妳⋯⋯」

凌：「唔⋯⋯」

我：「我依家知道㗎喇，唔好離開我好無？」

凌：「唔！」

我：「我出返去之後我哋結婚吖？」

凌：「真係？」

我：「係呀！」

凌：「你出返嚟再講啦。」

我：「我真係好掛住妳⋯⋯」

凌：「嘻⋯⋯」

【拜山二】
400日前

　　今天，凌美瑤終於前來探我，我知她心裡是有過一點掙扎，試問有誰會想到自己的男朋友突然間坐監？我不知道她知不知道事發時其實還有另一個女生，我也不知道她知不知道事發前我到過哪，跟誰接觸過……對話中，我一直猜想她到底知道多少事情，我媽又到底知不知道？

　　還是……只有我一個以為全世界不知道？

　　以前女伴太多根本應接不暇，跟凌美瑤之情只是基於相識於微時建立出來，她像我一個表妹多過像情人，只是一個能給我間中操操的表妹。說實話，她一點也不好操，奶不大已夠沒癮，還要是一尾死魚，像一支安裝了滅聲器的手槍一樣，一點享受的表情也沒有，每次也是緊閉上眼合上雙唇，把腿擘開給我幹。有一次我射精後，竟然聽到她一聲：「呼……搞掂……」這是何等的殺風景，我們不是做愛，是她借出陰道，給我在裡面幹幹幹，幹後把陰道還給她而已。我是有認真猜想過她到底是否性冷感，定還是我不夠溫柔？這多年來的問題終於在一次偷食中找到答案。

　　我本是個專一的男生，雖然凌美瑤不是天國佳麗傾國傾城，但也叫溫文爾雅，一起生活了這麼多個年頭，早已習慣跟大

家生活的感覺，中五後我升不到學，家人替我安排到英國留學，她就為預科繼續努力。那時我是很不捨得離開她，跟她許下了今天探監時一模一樣的承諾：「我返嚟之後我哋結婚吖」。但英國確實是一個要幾開心有幾開心的地方，那九個月就把我對人生的觀念完全扭曲了。

到英國後的幾個晚上，損友帶我到一間夜店，然後簡單直接地就遇上一個韓國的留學女生，酒醉後就回我的住所大幹一場。那個晚上，我終於知道什麼叫做愛，準確點，是什麼叫做性愛。或許我們只求交配，當中全無愛可言，但就是激烈地幹幹幹幹幹幹，她看來很餓，幾乎是追著我的老二咬，極難忘的一夜後，我初嘗凌美瑤以外的女性身體，而那個身體反應之強，跟她有著莫大的落差，那是我第一次醒悟：「做愛原來可以咁過癮」！

之後我就沉醉在性愛當中，以集郵為目標，希望能做到NBA名宿「張伯倫」的壯舉，一生能操過一千個女人。自此，只要能買的女人，我都會買，啤酒女郎、夜總會小姐、來推銷的公關、營業員、秘書、會計、售貨員、侍應等，根本誰都有價，只是多少。

多少除了錢，也要講求手法，當然不能像電視劇般把一疊鈔

【拜山二】
400日前

票拋去女生面前叫她擘開雙腿。銀彈戰術是以壓倒性的物質配合，例如駕一部林寶堅尼在她下班的地方等待，預先買來一大束花和訂好一張夜景飯桌，是無往而不利。

　　女人就是一種虛榮的動物，你知為何林寶堅尼、法拉利要用上V10引擎？用家真要買來動物大遷徙嗎？SLS的歐翼真是為了輕點減風阻？為何LP570的門是普通橫向門，但再上一級，LP700的門就是鍘刀門？全都只是為了標奇立異而設，愈明顯愈好，愈浮誇愈愛，車商根本心知女人的虛榮，有能力的男人就是要買來這些滿足女人虛榮心的產品，女人就是嚮往在大庭廣眾中大開林寶堅尼的門，門角度愈跨張愈反常理愈好，無他，因為當她走車廂前一刹那，就仿佛跟全世界說一句：「我係值呢部林寶堅尼」。所謂你的車引擎叫聲如何，你的妞兒在床上的呻吟聲也必如何。

　　以這種方法給我操過的妞多不勝數，燕瘦還肥，本著人一世物一世，什麼都試試，螢幕裡的高登女神、什麼最受歡迎女歌手女演員、某藝人的名模女友、老婆等，其實統統未紅或未被私有化時都有價，甚至公開承認了戀情，還是可以洽商的。

　　只是看你有沒有人脈關係，我付得起錢又願意做一點「點檔」（監獄用語，意指門面功夫），大家好下台，吃飯、看夜景後直接到四季，過程絕無交易味，留一點顏面給女孩子，她又過足虛榮癮，我又操得爽，何樂而不為？

　　嗰模又好名模又好、氹星又好明星又好、港姐又好亞姐又好，我是不斷引證高登巴打們在汽車台所説的「上咗車一樖都係水」的事實。踏一唥空轉油，引擎哇哇聲狂叫，幾乎震爆地舖的玻璃時，整街人都向這邊看過來，那女的一定會説：「你架車咁嘈㗎！」其實陰道已經濕得滲水了。女人總是怕自己的虛榮心外露而找説話掩飾，例如：「我其實都係覺得七人車舒服啲囉！」或者：「揸跑車好似好唔踏實咁囉！」我心想：「八婆，妳陣間咪又係會坐上嚟狂抓？」

　　只有凌美瑤沒有虛榮心，或許是她本身已家財萬貫，家門外泊有一輛Aston Martin Db7、一輛mclaren P1已不用多説話了，但她的衣著還是簡樸，不拿名牌子的手袋，也沒有追款式的手機，雖然上學時有七人車接載，但回家仍是乘巴士再轉小巴。剔除性愛這回事，凌美瑤是我最理想的對象，但性生活不協調，是真會影響關係……

【拜山二】
400日前

　　這些年來，我好像已經是為了集郵而做愛，即是為了做更多愛而做愛，性愛對我來說就像打手槍一樣普通，已不能跟背叛、偷吃等字眼掛鉤。但外面的妞兒，床上功夫確實大多都了得，令每月還是要跟凌美瑤的房事變得更例行、更乏味，我有試過努力操她，用花式體位、情趣內衣、玩具等提起大家的欲望，但她依然是一條死魚，一條穿了喱士花邊透明奶罩的死魚⋯⋯我實在無計可施。

　　然而，當我入冊後霸氣盡失，淨身過後我開始想通一點事情，就是當無邊的女人和無際的金錢都消失後，我還有多少剩下來？結果，是我媽和她，而這兩個女人，是我一直忽略而又對我不離不棄，我開始明白為何人犯了事要坐監。

　　這個晚上，我充滿罪疚感，拿著她送來的書，想寫一封信給她。

13

A WORLD IN AN IRON GRILLE

PRISON

★	★	01
06	07	08
13	(14)	15
20	21	22
27	28	29

395日前

【生活指南】

親愛的美瑤：

　　妳好嗎？

　　昨天跟妳見過面後，妳的聲音和樣子也一直在我心裡盤旋，我捨不得看著妳的背影離開，回到倉內格外失落。我還有很多說話想跟妳說，例如我是多麼想念跟妳牽著手逛街。我想起我們初相識時還是小學，初次見到鄰居有個小女孩就感到興奮，然後一住就住了這麼多年，直到中學時我們終於交往，那些年還是記憶猶新。

　　然而，生活是不斷的向前，中學後我就停不了的奔馳，妳也為學業忙，我們見面少了，雖然關係依然，但事實上疏遠了。

　　直至我進來以後，一切都停下來，靜止了以後，我再想想外面的世界有什麼，但我只想起妳。就如劉天王一句歌詞：回頭便知，我心只有妳。

這個晚上我停不了的想妳，謝謝妳對我的不離不棄，待我出來以後，我會努力嘗試當一個滿分的男朋友，讓妳能安心成為一個幸福快樂的新娘。

我愛妳。

日辰

P.S.

囚犯之所以剪短髮，除了是因為清爽整潔一點外，更為了預防有人打架時用抓頭髮制敵，聽前輩說，以前真有人試過被扯甩頭皮。

88

【生活指南】
395日前

我：「喂達叔……其實呢，依度有無執番棍呢樣嘢㗎？」

達：「執番棍？即係趁人執嘢時乘虛而入人哋個菊花？梗係無啦！我哋最忌㗎喇！」

我：「吓係咩？但聽人講監獄啲人都無掂過女人好耐，會屈到攣咗㗎喎……」

達：「痴線！我喺度住咗咁多年，你有無見過達叔搞基？」

我：「咁……空穴來風，未必無因，點解會有啲咁嘅傳聞？」

達：「第一，我哋最忌搞基！第二，偷襲呢家嘢會俾人圍嗌㗎！」

我：「咁……其實呢度有無基佬㗎？」

達：「有就梗係有啦！祠堂乜人都有，不過唔會咁明刀明槍搞基囉！」

我：「咁……佢哋咪可以扑嘢？」

達：「咁我又唔知呀，但我知有鴨囉！」

我：「嘩即係點?!」

達：「即係有人會賣屎忽囉！」

我：「邊……邊個呀？」

達：「通常都係啲道友啦，佢哋條命賤過泥，為咗一兩支濈乜都OK！」

我：「哦……咁幾錢一Trade呀？」

達：「聽聞都要兩件㗎！」

我：「都幾貴喎……」

我：「達叔，我又想問……點解一定要通櫃？」

達：「咁監獄唔俾藏毒嘛！」

我：「咁但係點解唔用 X-Ray 要咁殘忍179？係咪只係為咗個
　　　傳統？」

達：「179唔使錢吖嘛！X光咁貴，一日十幾人入嚟，個個X
　　　光咪破產？」

我：「哦……原來係咁……係呢達叔你當年179痛唔痛？」

達：「個手足見達叔我好眉好貌都無點難為我，一入一出就
　　　完成！」

我：「啊……也咁好嘅……」

達：「所以達叔幾時都叫你規規矩矩，將將就就，禮禮貌貌
　　　啦！」

我：「點解我見有啲人食嘅嘢同我哋食嘅唔同？」

達：「有溢咪有人餐囉！你畀得起一餐三件溢，就有好嘢食。」

我：「吓即係點？」

達：「其實你講得出嘅菜色班伙頭都識煮！」

【生活指南】
395日前

我：「如果我想食瑞士汁雞翼呢？」

達：「梗係得啦！」

我：「魚呢？」

達：「游水都有，不過貴囉！」

我：「幾錢㗎？」

達：「一條游水要五件溢㗎！」

我：「嘩！咁魚香茄子煲呢？」

達：「都係兩件啫！」

我：「羊架無喇咩?!」

達：「點會呀！班ON食羊㗎嘛！隻髀留返畀你咪得囉！」

我：「係喎又⋯⋯唔怪得會有人賣屎忽⋯⋯原來有煙真係咁著數⋯⋯」

我：「呢度有咩得意嘢玩㗎？」

達：「唔⋯⋯有無紋身吖你？」

我：「有一個喺背脊。」

達：「呢度都有得紋！」

我：「吓？點紋？」

達：「見唔見到嗰邊有個白頭髮阿叔？佢叫朝師傅，專幫人紋身！」

我：「咁厲害?!」

達：「係呀，佢識自製紋身機，改裝部電鬚刨再入啲原子筆墨入去就得㗎喇！」

我：「嘩！咁都俾佢諗得出?! 會唔會中毒死㗎?」

達：「傻熹背脊個鬼臉就係出自朝師傅手工㗎喇！」

我：「又真係幾靚喎！但係啲保安唔理嘅咩?」

達：「唉，朝師傅好低調又好識做，每月交足數畀班老職，保安咪唔知囉！」

我：「吓乜有得咁㗎?」

達：「啲柳記其實都有得分，咪隻眼開隻眼閉，搞大件事大家無癮。」

我：「咁我交足數畀班老職，有無得放我出去淺水灣游個靚水？」

達：「游水就難啲，不過你話要出去其實可以，睇吓幾錢，同去邊。」

我：「實在太 Marvelous……」

我：「仲有無呀？」

達：「釀珠落條賓周度！」

我：「嘩唔係呀嘛……」

【生活指南】
395日前

達：「係呀，好似話可以增強性愛情趣，就好似啲年輕人釘
　　舌環咁咋嘛！」

我：「但係要釀粒珠喺碌J度，會唔會太難？」

達：「都唔係吖，見佢哋前前後後兩日就無事！」

我：「係點㗎？」

達：「哦佢有分兩種，一種膠珠一種玻璃珠，膠珠平啲不過
　　好似話唔持久……」

我：「吓人體會自然吸收膠質嘅咩？」

達：「好似話會磨損，然後化成膠灰後醃住碌嘢，有啲人會
　　皮膚敏感。」

我：「咁玻璃珠呢？」

達：「貴啲，不過永久，而且唔多會敏感囉。」

我：「但係啲玻璃從何而來呢？」

達：「哈！例如你覺唔覺好多洗手液個樽都成日漏汁？」

我：「係呀…唔……唔通……」

達：「係呀，嗰粒珠就係畀人拎咗嚟釀寶周！」

我：「嘩屌……」

達：「仲有一個方法！就係打爛個玻璃窗，然後執幾粒玻璃
　　碎片……」

我：「咁釀咗之後咪𠝹到成J血？」

148

達：「梗係唔會啦！佢哋會將執返嚟嘅玻璃碎拋光，用毛巾
　　日磨夜磨，直至滑晒！」

我：「咁犀利?! 咁我咪有得 order 粒珠個 size？」

達：「係呀！」

我：「幾錢呀？」

達：「如果 tailor-made，好似都係三件。」

我：「點解你好似咁熟嘅？」

達：「嘿……」

我：「呢度全部男人，其實有無咸書睇吓？」

達：「無啦！呢度唔俾過線嘢㗎！」

我：「H 漫都唔得？」

達：「得啲日本寫真，三點色㗎咋！」

我：「甜故小說呢？」

達：「咩係甜故？」

我：「呃……即係咸濕小說呀！」

達：「個封面唔可以意淫先得！呢度嚴過淫審處呀！」

我：「點解嗰！」

達：「可能費事啲人太多心，而且一不離二、二不離三，有
　　一本自然之後會有十本……」

【生活指南】
395日前

我：「哦……咁大家會用啲咩幫手解決？」

達：「靠想象㗎咋！落 night 呢啲嘢少做啦，傷腎呀！」

我：「呢度有無試過大鑊嘢呀？」

達：「無喎……大家都好和平，多一事不如少一事啦！」

我：「咁唔會有傾唔掂數嘅時候咩？」

達：「唉，大家入到嚟朝見口晚見面，好來好去唔搞咁多嘢啦！無咩事都唔想過冊。」

我：「咁如果真係爆咗鑊勁，要開掩呢？」

達：「老總會出嚟擺平㗎啦，唔會有事嘅！」

我：「即係司徒？」

達：「係呀！大家每個月都要交數畀佢，佢有責任維持秩序嘅！」

我：「要交數？」

達：「係呀！我哋個個月都要交湴畀佢㗎，你無交咩？」

我：「我幫佢劏咗飛，佢都未畀我！」

達：「咁可能喺嗰度扣啩！」

我：「要交幾多㗎？」

達：「一個月三個人夾埋交兩件啦！」

我：「邊三個？」

達：「自己組囉！總之每三個就要抽兩件。」

我：「吓……點解無人通知過我……」

我：「有無人偷嘢㗎？」

達：「無唔係無，少啲囉。」

我：「哦？點解呢？無小偷嘅咩？」

達：「『行』嘢大鑊嘢㗎，俾阿公知又要四拍四侍候！」

我：「嘩真係幾法治喎呢度！」

達：「再講，我哋每一樣嘢都有跟埋物主個老冧，要行都唔
　　係咁易。」

我：「咁如果我係用搶買返嚟呢？」

達：「我哋會用牙膏抹甩個老冧，然後寫返自己個老冧上去。」

我：「咁偷返嚟啲嘢都可以轉名嘅啫！」

達：「始終有破綻嘅，明買明賣就唔理你啫，真係有人行咗
　　嘢，一審就露底。」

我：「咁會點？」

達：「我哋發現咪四拍四囉，保安發現咪入『水記』坐『天
　　山』囉！」

我：「天山？」

達：「嘿……坐天山就慘咯，也都無，你會想自殺！」

【生活指南】
395日前

我：「連飯都無得食？」

達：「有就有不過無餸囉⋯⋯喂等等，擺個堆先！」

A WORLD IN AN IRON GRILLE 14

PRISON

★	★	01
06	07	08
13	14	(15)
20	21	22
27	28	29

02	03	04	05
09	10	11	12
16	17	18	19
23	24	25	26

385日前

【物價指數】

【物價指數】
385日前

丁：「喂你係咪畫咗飛㗎？」

我：「係呀……」

丁：「嗱，呢度六件。」

我：「吓……我好似畫咗兩皮，依家得六件？」

丁：「嗱我唔知大哥你同老總畫咗幾多，我照指示做嘢㗎
　　　咋……」

我：「啲煙係你自己嘅？」

丁：「係呀，佢哋界錢我過滰界你。」

我：「哦……即你唔係佢哋啲……職員？」

丁：「我無單位㗎！」

我：「哦…好……唔該晒。」

丁：「『威』嘛？」

我：「你話你？」

丁：「問你威唔威！」

我：「威咩呀……」

丁：「即係問你 Con 唔 Confirm 呀！」

我：「Con…哦……原來係咁…解……咁…威囉……」

丁：「要你口頭威咗先禮成㗎！」

我：「威…好威呀……」

戊：「喂老同，呢度八件。」

我：「威……」

己：「呢度一條，麻煩老細你數數佢。」

我：「哦……好……」

己：「威唔威？」

我：「威喇……」

己：「多謝老細。」

庚：「呢度六件，嘩老細，大戶呀吓！」

我：「哦……一般啦！」

庚：「有咩搞作記得射住細佬喎！」

我：「邊夠班射住大哥你呀！」

庚：「吁老細你真識講笑，我呢六件辛苦錢嚟㗎！」

我：「你本身唔……唔打雀嘅？」

庚：「唔啦！本身無打開。」

我：「咁都慳唔少喎！」

庚：「唉，我呢啲老襯底無計啦！」

此時，猶如蟑螂一樣頑強難纏的麥當又出現。

【物價指數】
385日前

當：「老細，聽講你搞緊大量收購嗝！」

我：「都唔係啫。」

當：「係咪有咩好路數先！」

我：「都係想多個錢旁身啫。」

當：「老細，我係B仔嚟，幫到手個嘛！」

我：「係嘛……」

當：「噂大哥你想要啲咩，細佬我都一定赴湯蹈火！」

我：「例如呢？」

當：「例如您有啲咩日用品想要、換嘢、優先寄嘢傳嘢都包
　　喺細佬身上！」

我：「點收費先？」

當：「細佬同大佬又有乜好計！」

我：「噂你話㗎吓！」

當：「得啦！最緊要射住細佬！」

我：「唔……」

當：「喂于大哥你啲煙改返晒自己個老冧未？」

我：「改咩老冧？」

當：「哦咁嘅，我哋每一樣嘢都要跟返自己個老冧，唔係柳
　　記嚟踢倉就有把柄喇！」

我：「我咁多件，咪有排改？」

當：「唔怕于大哥，有細佬幫手！呢啲下欄嘢就交畀我呢啲
　　細嘅去做得㗎喇！」

我：「你又想抽幾多水？」

當：「唉講錢傷感情，酌量得㗎喇！」

我：「三支同我改哂佢啦咁。」

當：「嘩大哥您咁多，添少少啦……」

我：「嘿。」

望穿秋水，我最期待的交易日終於到了，一天內，各方獄友
向我呈上自己的資產，大部分都是黑手老襯底（非第一次被囚監
禁而沒有字頭背景者），捧著的都是血汗錢。

基於監獄所謂的公平機制，我們是不能以非獄中賺取的資金
在獄內購買香煙的，這或許是為了控制獄中的流動資金，令圍牆
內的規律得以鞏固，香煙數量受控，價值便能穩定，世界才得以
平衡。

但人就是一種極具智慧的動物，法律的存在本身就是為了被
更聰明的人挑戰，這裡就出現了一個很有效益的反體制方法，就
是以倉內的管理字頭安排，我們稱他們為代辦。

【物價指數】
385日前

　　要是有人想以外來資金購買獄中香煙，買家先要跟代辦洽商，然後通知外面的人準備錢。另一邊，代辦會以人手處理交易，先找尋打算放煙的人洽商，然後通知外面的字頭手足跟放煙者的家屬聯絡，當確認買家的親友已把錢傳入字頭的戶口，資訊就會傳回監獄內的字頭手足。這就是上一陣子「假探監」案的由來，很多人都不明白為何探監都有假探監，其實是一種情報傳送的方法，例如獄中有不少囚犯不想把自己交易的事給親友知道，於是代辦會派人跟獄中被指定的囚犯洽商交易，錢就會傳入指定戶口而不驚動第三者。

　　當雙方都「威」了之後，代辦會以低調和諧為處事方針，叫賣家親自把煙交給買家，裝成囚友自願性把香煙分享，「分享」完成後，字頭就會把分拆後的錢傳入賣家的家屬戶口，禮成。交易過程中，字頭當然會收取一筆代辦費用，我認為尚算合理，但對很多人來說，手續費還是一點昂貴。

　　於是，這十五飛煙是相當的誇張，這天交收時，倉中是有過一陣子騷動，大家見給我送上煙的人源源不絕看得目定口呆，還特意開了一個盤口賭我究竟劃了多少飛。

A WORLD IN AN IRON GRILLE 15

　　一飛抽一件是合理，要知道在這裡循規蹈矩上期數賺錢買煙的話，兩星期只能買到一件半，又要自用又要交保護費，有時還要換一點日常用品，一件半眨眼就花光。所以，對我來說，劃飛是一件絕妙的事。獄警和保安當然知道這種交易事情，但大家也明白這個世界的遊戲方式，只要雙方不太過份觸及對方原則和底線，是互不干預的。

　　我總共收集了八十多包華爾夫五十多包珍多利，合共一百四十多包，大概是這個一百人倉的最大戶，一百四十多包煙，把Locker堆得滿瀉。我一邊收煙，刷鞋仔麥當和他的手足一邊替我用牙膏擦走別人的名字，再寫上我的編號，我給他們支付三包煙，要他們兩天內完成，不然每小時扣他們兩支，他們一口答應，然後馬上開工。

　　但由於數目太多，他們二人像富士康廠房般日夜趕工，一有空檔就立即幹活，最後還是無法兩天內完成，我照規定每小時扣他們兩支煙，每過一小時他們就如掉了一隻牙，見他們如同生死時速拼命地窮追進度，不禁會心微笑。微笑是因為見他們這個二人組合，就想起國產凌凌柒裡面，臨死前的梁思浩和鄧兆尊；也因為我看著一件又一件處理中的煙，感覺到自己入獄前的權勢逐

【物價指數】
385日前

漸回來，像被剪光頭髮後而失掉神力的大力士海克力斯，頭髮長回來，力量也回來了。

　　富起來之後，我先支付了給幾方面，

一：期數的同事，三件煙一個月代工，讓我繼續能夠避過嘔心的屎尿血；

二：四件煙換外套和毛毯一個月租用；

三：一件煙每天早上代摺被鋪一個月；

四：五件煙晚飯後回倉時全身按摩四十五分鐘一個月；

五：早午晚各付三件煙跟廚房買人飯，即特餐，跟那些低級額飯講拜拜，以後我每一餐也有專人主理，雖然餐具還是跟其他人一樣用自己的「嘜」盛飯，但裡面裝載的卻是即叫即抄撚手小菜，如此昂貴其實也值回票價，有誰想過能在監獄吃魚香茄子煲、咖哩斑塊、鮑汁焗時蔬、蟹肉豆苗、椒鹽排骨、醬爆花枝片、宮堡雞丁？就連蜜燒鱈魚球、果醋溜魚片、荷香雲腿杞子蒸桂魚、大千雞球、欖角乾蔥爆雞球、黑米醋燴牛仔骨都有！

　　只要你不要吃得太偏例如野味魚翅，一般雞豬牛魚能變出的菜色都難不到伙頭們。例如一般人吃雞翼蛋白菜額飯，我有瑞士

A WORLD IN AN IRON GRILLE

雞翼汁、上湯魚肉蝦米扒白菜跟一個雞油飯；一般人吃蛋牛飯，我吃台式紅燒牛肉湯麵；一般人吃焓雞菜心飯，我吃北菇滑雞飯另加精美點心，富起來的獄中生活從此不一樣。

　　劃一飛 $1200 有十件煙，每件就 $120，那即是說，我每餐飯就要 $360。當然，這只是外面世界的價格標準，需知道在獄中，價格標準是要重新介定。

　　就以獄中的薪金為一個小解說，我們期數有分階級，A最低級，屬一般跟班雜務，周薪大概 $30。如果以一間大公司比喻監獄的期數，他們就是文員、送信員、管理員、接線生等。F最是高級，屬管理層，周薪大概 $100，地位有如部門經理、主管。現在，外面世界例如我爸的貿易公司，一般文員的月薪大概 $9000，經理級的月薪大概 $30000，不多不少，大概夠供一層小單位，養一個小家庭。

　　如果我們以監獄的階級跟外面世界作一個比較，監獄的最高和最低的月薪分別是 $400 和 $120，即A級的薪金大概是F級的三分一；在外面一般中型公司，最高和最低的月薪是 $30K和 $9K，亦是三分一的比例，我們大約可以用 $120 對 $9000；$400

【物價指數】
385日前

對 $30000，比例差不多是七十五倍，所以監獄的物「質」指數是外面世界的七十五倍。

　　為何是物質不是物價？因為你要是安安份份地度過每一天，生活只是吃睡拉吃睡拉的話，基本上一元也不用花，跟外面衣食住行都得花錢的情況，是有所不同的。

　　但要在監獄活得招積，住得舒適的話，物質的物價指數就是外面的七十五倍，而且這七十五倍並不像外面股，付出比正常多七十五倍的價錢能有比正常多七十五倍的享受，在這裡付七十五倍價錢，只是為了得到正常的生活，容我不厭其煩跟大家重新兌換剛才提及過的新生活日常開支：

一：一個月期數代工，三件煙薪金，即27000元，不少經理級也
　　沒這個價；

二：四件煙換外套和毛毯一個月租用，36000元租金，夠供一間
　　私樓連車位；

三：一件煙早上代摺被鋪一個月，9000元，早上做點閒事，已比
　　你家中的菲傭高出三倍價錢；

四：五件煙晚飯後回倉時全身按摩 45分鐘一個月，當我們除

開，每日45分鐘每次1500元，夠你每天過大海去打令桑拿做皇帝；

五：早午晚各付出三件煙跟廚房買人飯，每餐 27000元……我已不知怎樣形容。

比例是否很誇張？這就是不割飛的生活，在監獄內要過「正常」生活，就是如此的高不可攀，所以我們是無法不向惡勢力低頭，只要外面有點閒錢的囚犯都會幫襯單位的代辦定期劃飛。

字頭當然撈得盤滿缽滿，但其實在監獄工作的人也風山水起，聽說肉王，即祠堂的大廚，每個月就額外收取到三千件煙，跟同僚對分拆下拆，還有二千件純利，然後你就知道，在監獄打工的薪水，只是一份底薪。他們退休後不會再回來，也不願再重提舊事，因為這不是一件光彩的事，在獄中工作的人不是為了懲治罪惡或感化壞蛋，大家只是為了錢，和更多的枱下錢而已。

達：「後生仔，凡事都唔好太高調呀。」
我：「但係我真係需要煙。」

【物價指數】
385日前

達：「一次過唔好劃咁多嘛。」

我：「俾我威返一日啦！」

達：「咁會得罪黑白兩道喫！」

我：「知道喇達叔，哼，呢件係還你上次嗰兩支救命漲！」

達：「唉！大家入得嚟就係兄弟，兩支漲只係一份心意，點可以要你一件！」

我：「我呢一件都係一份心意，我呢世都唔會忘記嗰一日！」

達：「後生仔，呢件我就幫你保管住先，但你要記住凡事太盡⋯⋯」

我：「緣份誓必早盡嘛！」

A WORLD IN AN IRON GRILLE

15

PRISON

★	★	01
06	07	08
13	14	15
20	21	22
27	28	29

【落 night 】
362日前

曾經提及過，落 night 意思即是自瀆，來源不明。語法可以這樣運用：「入扇把擺個堆順便落埋個 night 先擺橫！」扇把是廁所，擺堆是拉屎，落 night 即自瀆，擺橫就是睡覺，全句意思即是入廁所大便，順便打一個飛機才睡覺。

首先，一個正常的雄性人類，每天就能生產大約四千萬到五千萬條精蟲，要是不能定期以人為方式把體內精液射出，體內精液存量就會過多，皮層中樞，脊髓中樞的功能就會紊亂，身體會在你熟睡時產生刺激，然後在虛實之間得到性興奮，最後達至射精效果。

在一個只有單性的地方，我們絕大部份的人都沒有對手或對象，要釋放多出來的精液，只能通過夢遺或自瀆，但我們是絕對不願意夢遺，因為我們一天只有一條內褲，要是夢遺了，就得要醃著老二一整天。需知風乾了的精液又酸又腥，冬天還好，最多只是氣味，但夏天要混上汗味，有一種死老鼠的屍臭味之餘，醃著會令老二又痕又癢，搞不好會皮膚敏感，整碌 J 就要切掉。於是，我們都會定期落 night，避免夢遺。

獄中是有一百個落 night 方法，最常見，當然是靠「night

勝」，night是自瀆、勝是書（賭仔忌輸，書乃其諧音，於是變成勝）。但很奇怪，剛陽味爆燈的監獄是禁慾的，一切色情刊物也不容許，書刊不能有淫猥、露點內容，含有性愛意識或字眼，連人體奧妙也不能通過……

雖然好像比淫褻物品審裁處的尺度還要嚴格，但其實還有一點空間，例如水著寫真是能夠引入的。本地嘅模的作品，倉櫃就存有三四本，主要的是兩大娜姐和浸大Eason，打開書，都是穿著比堅尼伸出舌頭舔雪糕、趴下扮小狗、緊夾雙乳引爆炸彈等……我實在搞不懂監獄對「淫猥」一詞有何見解。聽說在云云中，只有飛比那本以「幻想她性交時很放鬆的感覺」是無法通過。

除了本地陀地，還有東洋佳麗，長居night勝榜首的是乳神杉原杏璃的三部作品，其他還有堀井美月、西田麻衣、水瀬莉菜，星野亞希，每一位都是乳神級質素，因為這裡的人只愛暴乳，想找一本平凡一點，中庸一點的類型都沒有。當然還有一些「異類」，他們有A&F的時裝冊，裡面的胸肌、胸肌和胸肌就是給……

看Night勝是一種最原始和平常的落night方法，但其實我

【落 night】
362日前

們還有更多更好更奇妙的方法，現在就向大家介紹其中一種，亦是我試過感到最驚喜最回味的一個神奇方法——「水泡圈」。

　　水泡圈是一個偉大的發明，實在要感謝那個發明水泡圈的天才！要製成水泡圈的材料十分簡單，我們只需要四個密實袋和一個風筒。首先利用風筒的熱力把第一個密實袋的左邊邊緣吹至燙熱近乎溶解，然後把另一個密實袋的右邊邊緣搭上去，再繼續吹，至它們溶在一起。如是者，把四個都以同樣方法連成一起，風乾，確定它們穩穩黏在一起後，把每一個密實袋斟滿熱水，形狀恍如小孩學游水時載著的吹氣手袖，但入手位比手袖細很多，是幾乎逼在一起，這樣才像女性的陰道。

　　對，這就是監獄內的飛機杯，每次用的時候充滿熱水，然後倒入BB油令它潤滑起來。

　　以一個用家來說，它的體感是很不錯，感覺很緊很逼，加上暖暖的溫度和潤滑劑，真是幾可亂真！有時慾望高昂，只需一分鐘就迫出來。事後要把水放走，清潔內外後，壓偏它再收回床底。因為這是一個能夠循環再用的東西，大概能反複使用十次，十次後，膠袋表面會開始變得粗糙，BB油也不容易洗去，為

了衛生（老二敏感可是十二分的難受）我們也不敢太環保，但礙於製作需時，我會找人代工，手工費為十支煙。

這個設計創意頂級之餘，再加上一張膠椅，立即變成活生生的性器！方法很簡單，不知有心或是無意，水泡圈的呎吋是剛剛好能裝置在膠椅的椅背隙位，就是那種你到私家游泳池看到的那種有椅背有枕手的白色膠椅，要打一個出色的飛機，就要帶備三件東西到扇把：熱水、水泡圈和膠椅。

先把水泡圈斟滿熱水，讓它像女性陰道裡面溫暖，然後把膠椅平放在地上，椅背朝天，最後把水泡圈塞在椅背隙縫中間。只要你加一點想像，就能幻想出一個女生正趴在地上屁股朝天等你來操。感覺或許是有一點像古人看星空，把幾粒星拉起來就想出獅子雙魚天蠍，但當你雙手抱著椅背，腰部猛力前前後後抽插時，閉上眼的確有一種真實感。或許你會覺得很荒謬，但在一個如此荒蕪的世界裡，一切荒謬的事都會變得合理。

因為膠椅經常成為大家性慾高漲時的必需品，所以得來「囡囡」這名字，這名字放在落night時是很正常不過，例如：「帶個囡囡入去落個night先。」，但日常生活，膠椅的名字依然被稱囡

【落night】
362日前

囡，然後就有不少奇怪的對話，例如：「又無囡囡，係咪要我企喺度食飯呀！」

聽說外國的監獄是能夠讓法定夫妻一個月行房一次，監獄是會提供一間隱蔽的房間，裡面有一張床、一個洗手盤、一個小窗口，還有紙巾、清潔液和安全套提供，連對待囚犯也如此人道，人家的確比我們文明。

在這裡待了差不多三個月以後，我忽然有一個念頭，要是我被囚在美國的監獄，我一定會跟凌美瑤結成法定夫妻，雖則在床事上她不是一個好對手，但這三個月的蹉跎實在令我想通了一點。特別在愛情上，花花世界好像已經變成過眼雲煙，

我告訴自己，釋囚後不要再拈花惹草，專心好好對凌美瑤一個，因為只有她是值得善待。

在囚中，我每天都想她，如果現在能靜靜擁著她一小時，我願意用十件煙，甚至十飛煙交換！我願意用我所有煙交換這一小時……但煙只能換取獄中的事物，無法買到生命最重要的東西，例如自由。

煙的概念只是能苦中作樂，並不能改變刑罰本身的基本中心點。

我帶著囡囡和水泡圈入扇把，幻想凌美瑤的雪白的身體……她的纖幼手臂和腰間，雖然呻吟聲欠奉，但我感到每一下也充滿著愛和渴望，這次已不再純粹關於解決性慾，而是在零距離下體驗對方的愛，交換體溫及肌膚的貼近。凌美瑤裡面很暖，像她的內在一樣充滿母愛，我在裡面感到安全和愛護，這不是一場征服，而是讓她完全佔有我最重要的一部分，老二像一條過江龍，把兩輛車連上，交合成一體；更是能讓我們連接起來，成為最直接的導電體，讓愛流進大家體內……為讓她充滿電源，我要把所有能量都釋放，讓她像觸電一樣體驗我的渴望和愛……嗚……嗚嗚……幾下震顫，腹肌用力收緊、小腿酥軟起來、左手再用力一擠，一下一下電源的射出，水柱力度很強，身體像被抽空了，我閉上眼享受最後一秒的快感……

無論落night又好，堅做又好，男人最清醒的都是射完精後的一分鐘，也只有這一分鐘。一夜情的那一分鐘，之前所做的連哄帶騙變得很無謂、嫖妓的那一分鐘，之前的車馬船都是勞民傷財、跟包養的妞的那一分鐘，會突然覺得不值得把錢和時間花在

【落night】
362日前

她身上，因為通通都只是為了剛才那幾秒時間……

　　為何那一分鐘能有如此清晰的腦袋？因為那一分鐘是最空虛的，剔除性慾，男人才能最清晰地思考一切，上至國家大事，下至買一份小保險，所以我最喜歡趁著那一分鐘，好好反省我一小時前的所作所為。一分鐘過後，很快就把想到的事忘得一乾二淨，因為那一分鐘實在太快，不能蓋過與身俱來的壞血，但今次的一分鐘時間，成了我懺悔的時刻。

A WORLD IN AN IRON GRILLE 16

PRISON

★	★	01
06	07	08
13	14	15
20	21	22
27	28	29

媽媽：

　　我很想您，想您晚上留給我的湯，想您晚上留給我的字條，想您早上特地為我準備的早餐，想您為我學懂了WhatsApp。我知我從前很少時間跟您在一起，我在這裡靜思己過時，最內疚的就是這個，我很想能翻看您發過我的每一個WhatsApp訊息，可惜手機現在也被囚禁在物件寄倉中，我很想能夠在忙裡偷閒跟您High Tea，假期時載您郊遊，陪您到泰國見海龍王。

　　可恨這些事情都只是在囚時才想起，我在自責自己為何不早醒覺。媽媽，對不起，我知我真不算是一個孝子，總是冷落了您，人就總是失去了才懂珍惜，我現在失去了自由才知道有自由才能夠讓我有資格對您好。

　　我知我入獄一事實在令爸爸感到十分失望，我也不知如何面對他，希望釋囚後能找個時間好好跟他道歉。

　　天氣開始回暖，請媽媽好好留意皮膚敏感的事情。

　　　　　　　　　　　　　　　　　　　　　日辰

　　不經不覺時光就這樣的流逝，青春也就這樣已經蹉跎了差不多半年了。說是蹉跎，或許更像小休，因為只要有錢，監是坐得比較輕鬆，時間也過得比較快。

　　計算過後，我叫媽每月會給我劃十五飛煙，在囚生活已夠過得富裕。而富戶在監獄過著的生活是休閒的，不用勞役、不用受氣，不用勉強接受任何不喜歡的事。除了要早睡早起之外，一切也過得不錯。

　　早上六時開大燈起床時，因為付了傭人摺被費和刷牙洗臉拉屎的排隊費，我能比人多睡二十分鐘，起來時已有摺好了的被鋪在腳下，原來蓋著的也很快會有人接收。一下床走到廁所就有位置刷牙洗臉，因為傭人已給我排好隊拿了位置，但他讓位給我後，是要重新排過的。

　　早餐吃的，是付了一件煙的三等人餐（有分一、二、三等），一般囚犯吃水喉味白粥、油條，我吃火腿蛋意粉加蘿蔔糕，二等餐是雞、牛或豬扒蛋、蒸飯那些，一等暫時未有見過有人點，三件煙一個一等早餐，誰都不會如此揮霍。

【A Day in the prison life】
300日前

早餐後上期數，支付了三件煙一個月的代工費後，每天期數時我就找個能看得見太陽的位置躺下，因為太陽光好像真的能夠阻擋屎臭味。整個上午，就聽著迴轉帶的機械聲看幾頁書、小一個睡，轉眼就午餐了。

午餐我會選二等餐，兩件煙，是用一般狗餐的食材煮成另一種菜色的級別，例如別人吃火腿菜心飯，我吃火腿炒蛋跟蒜蓉菜心配油飯，亦可以要求其他款色如西式的火腿芝士三文治跟菜心沙津（信我，用菜心做沙津是好吃的）。三等是非當日食材的 Tailor-made 菜色，但要早一天預約點菜。

午飯後繼續上期數，我最喜歡這時間，剛剛好飯氣攻心，所謂飯後睡一睡好過做元帥，這一覺是最熟最甜最滿足，一來窗隙之間射進來的陽光是相當舒適，二來，偷回來的時間總是美好。

十個囚犯中，就有兩個用煙買鐘請代工，工頭都見怪不怪，只要有人工作，事務如常處理就可以了。跟我一起躲在一角躲懶的，是冧把字頭的426，他不是富戶，只有一點面子。他的工作並非以煙支付，而是由手下代勞，手下是念他為同字頭的高級成員而給面子，但冧把在這倉沒有什麼好處，因為每倉都有規

定由哪字頭管理,而這倉早被訂由老潮管理。老潮會向同倉收取每三個人兩件煙的保護月費,然後承諾會維護倉內治安及生態平衡,其他字頭規定不能收月費,亦要尊重該管理的字頭,沒有不交數的特權。

現在由老潮的高級成員司徒為這倉的老總,即話事人,一切決定權都在他手上,例如福利分配、同倉爭執、跟獄警或保安談判、替死鬼選擇權都由他一人決定,不過司徒亦會尊重各同倉的自由意志,各種私鬥、恩怨都不會干預,但也有一點約定俗成的指引,例如私鬥為三個或以下的爭執,只要多於三個或以上的事情,司徒就必須插手。

下午的期數完結後大家就回倉自由活動兩小時,不少人會趁這時間小睡片刻,由於我已經睡飽了,會跟一兩伙人聚賭一下。倉內沒有太多賭具,因為這是頗嚴重的違規,就像中學時抽煙要記大過一樣,大家可不想在監獄記大過,因為懲罰是要被關進「水記」,即隔離監倉。把你關在一個只有四面牆的空間一兩星期,雖然不用上期數,但朝六晚六獨個兒在裡面過,看書、睡覺、吃飯再看書、睡覺、吃飯,感覺尤如動物園裡面的動物,不同的,是來觀賞的人是獄警。於是,就算啤牌是藏在自己的床

【 A Day in the prison life 】
300日前

底，我們也都不會即時自首，大家就站著相對無言。當違禁品只要被獄警搜出，就一定要找一個人認頭，這是例行公事。但會有一個寬限時間，獄警會跟司徒說：「你最清楚呢度，就由你幫我搵出真凶！」其實只是要司徒交一個替死鬼出來，監獄裡通稱為「銷」。司徒要找一個人銷了這件事，好讓雙方也有下台階，但由於啤牌乃是一種大眾娛樂，並無分物主不物主，只有一個方法能夠妥協……沒錯，就是找替死鬼。

　　誰願來做替死鬼？是有的，還很踴躍。因為我們會夾一筆安家費，然後招募一位自願死士銷案，報酬通常以入水記的刑期為計選，關一星期就有兩件煙，字頭會津貼三分一。即是說，該死士要代倉進水記服刑一星期的話，字頭會出一件，然後其餘一件由我們一百人輪流平分支付，輪流意思，是我今次夾了安家費的話，下次就不用付，而每次都只不過是夾三支，尚算合理。

　　這機制做成兩個現象：
　　第一，不愁沒死士。如此高報酬，不少老親也搶著做，字頭好做事，獄警好下台。
　　第二，要是被搜出賭具要找死士銷，無論有賭過沒賭過的人都要夾錢，所以大家都基於不蝕底的心態而參加賭博活動，形成

獄中賭風嚴重。

第三，因為銷案實屬勞民傷財，獄警會以這一個威脅字頭，要是我們不聽話，表現不佳，他們會天天踢倉，逐天搜出東西然後要字頭銷案，結果就令字頭公務增加、錢又多花。字頭受壓，便得要解決事情根源，要解決獄警和保安天天踢倉的原因才能繼續天下太平、國泰民安，於是，獄警和保安的管治手段大多與字頭掛鉤，但黑和白的分別，就是白一定贏，黑一定輸，這又是坐監的另一種懲罰。

繼續說一天正常生活，下午的自由活動時間我們通常會賭一陣子，手上簡單一副DIY啤牌已能變出十三張、射龍門、廿一點、三公、沙蟹等博大精深的玩意，眾多玩意中，我比較喜歡沙蟹，即電影經常出現的Showhand，喜歡原因正正是因為賭神。

我們以煙作注碼，一局來回最少也要五、六支，不是人人能玩得起這玩意。但下午時段我們多是淺玩廿一點、三公殺殺時間。轉眼就到晚飯時間，大家都排隊取飯，而我就直接在廚房門外等，伙頭早已為我準備訂好了的一等人餐，一等餐的質素是好得你不會相信。最深刻的，是那裡的咖哩羊架和鹽燒豬手，是能媲美那些米芝蓮餐廳，只是賣相依然是一「啳」監躉飯，但吃進

【 A Day in the prison life 】
300日前

口是超乎你所想，我這輩子也不會忘記第一餐一等人餐的深刻感受！

那是一喙白咖哩飯，肉看上去好像是豬肉，看上去很頹，感覺有點被騙，一般人吃的是頹飯，三件煙的也是頹飯，當我老襯嗎？只是不想小事化大，唯有忍住不滿，吞著怒氣接過飯然後回到座位，心想：「頂你，昆我都唔好咁過份吖……然後把一口飯送過口時，一股強烈的味蕾刺激直捲上腦，然後真有一種像伙頭智多星的誇張劇場；我跌進一個白咖哩水池裡，踏著裡面一塊肉乘風破浪，滑翔時兩邊有紅蘿蔔、火腿粒、粉絲、青豆、薯仔……滑著滑著，突然感動起來，為何我會流出眼淚？

沒錯，是洋蔥……

洋蔥讓我的感情氾濫了，這喙白咖哩是我人生吃過的食物中最美味的食物……吃過後，我問伙頭這是哪一種豬，他笑了一笑說不是豬，叫我猜，龍？蛇？馬？羊？猴？雞？狗？豬？鼠？虎……？原來是兔！是兔肉……幹！為何監房內竟有如此珍品?！

其實人餐一喙的份量不少，我根本吃不完，往後日子我開始

跟一兩個同倉分享，每人一包煙便能共享一嚿米芝蓮菜色，據說
大廚（不是肉王）是阿一特地聘請回來的高級廚師，所有人餐都
出自他手，而狗餐就由其他爛廚代勞，我現在吃的香草焗雞腿也
是出自他手。

飯後會派提子包和一杯假奶，之後就回倉自由活動，此時才
是一天最精彩的時候，閘門關上，獄警們離開後，我們就立刻開
始賭王爭霸戰。

每晚都有特定主題玩意，星期一是廿一點、星期二是德洲樸
克、星期三是三公、星期四是十三張、星期五是鋤大Dee、星期
六是沙蟹、星期日是與眾同樂的射龍門，大家不是每天都參
與，但每晚總有十餘位參加者，其餘的都是旁觀，小部分會做自
己的事，但不多。

每晚氣氛也相當熱鬧「吹吹吹！！！」、「爆爆爆！！！」、「中柱
中柱中柱！！！」，獄警們又怎可能不知道？只是風平浪靜時大家都
隻眼開隻眼閉，我也敢肯定閘外的他們其實跟我們一樣在開局。

八時半關大燈，要是大家玩得興起，一下關燈大家都「噓」

【 A Day in the prison life 】
300日前

一聲，關燈表示一天正式完結，大家執好東西，各自回床。關上燈後，有的會拿著電筒看書、有的會吃包，有的會落night，我有時會咬著電筒寫信，有時候做掌上壓，做夠五組後就去睡。

至於有朋友會問，這麼多人一起睡，鼻鼾聲會不會很吵耳？其實是出奇的寧靜，極其量只有比深呼吸再大少少的聲音，因為凡有嚴重鼻鼾聲的人都會被杯葛，根本過不到第二晚，字頭很快就會跟獄警那邊反映，然後當事人就會被調倉，如此煩人，會被調到哪去？很有趣，凡有嚴重鼻鼾聲的人，都會被調到鼻鼾集中營，這是相當折衷的方法，我實在無法想象到那裡的晚上是有多地動山搖……幸好我沒有，不然要是用煙息事寧人的話，實在多多煙也不夠派。

晚安。

17

A WORLD IN AN IRON GRILLE

PRISON

★	★	01
06	07	08
13	14	15
20	21	22
27	28	29

媽媽：

今天不小心把心愛的水杯打碎了
事後我用了十五分鐘去細心欣賞
發現打碎了的玻璃
竟然比起平日那個形態更美
然後我再用了十分鐘去打掃地方
再為其拍照

這短短的三十分鐘
算是今天我思緒最安穩的時間
打碎了的水杯
是我今天看過最美好的東西
而那水杯著地的那一聲
是聽過最美好的聲音

原來人生覺得最爛的事情
也未必是最糟

因為最糟的
可能一直就在眼前而未曾發現
又或者根本就是自己
我想我找到了答案

我好文采嘛？

辰宇

【文化改革】
270日前

甲：「邊個階磚三？」

乙：「我先我先……三骷。」

我：「嘩巴打，唔使咁大殺氣呀嘛？」

乙：「巴打？」

我：「英文嚟㗎。」

甲：「哦！Brother嘛?! 哈哈哈……」

我：「Pass……係呢，其實點解你哋要尊稱做老同？」

丙：「同倉嘛，好似朋友叫老友咁，同倉咪叫老同囉，
　　　Pass。」

我：「但係我鍾意叫巴打嘅！」

甲：「點解呢？大……。」

我：「依家出面好興㗎！個個都咁叫！」

乙：「六Pair，點解嘅？」

我：「你哋知唔知咩係高登？八Pair。」

乙：「唔……」

甲：「唔………」

丙：「哦！係咪深水埗個商場呀？King Pair。」

我：「差唔多喇差唔多喇！不過唔係，Pass。」

甲：「咩嚟㗎魚仔！大。」

194

A WORLD IN AN IRON GRILLE 18

我：「你哋真係無聽過？」

乙：「無喎，嗰度啲人係香港人㗎？煙Pair。」

我：「嘩，大……其實有啲似呢度，嗰度啲人都會有另一套
　　語言。」

丙：「大……我哋就話圍內知，但係出面啲人點解要學高登
　　講嘢？」

我：「因為過癮囉！」

甲：「大。」

乙：「點過癮先？再嚟七Pair。」

我：「例如……我哋講粗口會有另一啲字代替！八Pair。」

丙：「例如呢？Pass。」

我：「例如『Hi Auntie』，你手牌咁『向左走向右走』勁，
　　點『勁』夠你個『傻的嗎』玩呀『hihi』！」

甲：「哇，個個字都明，但聽晒成句就唔明……Pass……。」

乙：「Hi Auntie係咪即關阿姨事？Pass。」

我：「Auntie係你對對方娘親嘅尊稱，Hi即係屌，成句Hi
　　Auntie就即係屌你老母囉，三Pair。」

丙：「哈哈哈哈哈……好似好複雜但又講到咁有邏輯咁嘅
　　……大。」

【文化改革】
270日前

甲：「仲有呢？喂 hi 你可唔可以唔好再行 Pair 呢其實？」

乙：「Sorry 喇巴打，四 Pair 結，三炒兩家，多謝位位兩件半。」

丙：「嘩！Hi Auntie！！！」

甲：「傻的嗎 ?!」

我：「咦你知傻的嗎點解咩？」

甲：「是但㗎咋，應該都係粗口嚟㗎 ?!」

我：「係呀，咪係戇鳩囉！」

甲：「你個傻的嗎真係想 Hi Auntie！」

乙：「磅水啦向左走向右走！」

　　由那天開始，大家都對高登用語感興趣，為乏味的監房帶來一番新衝擊，他們大多未接觸過高登，老鬼不知道不出奇，但年輕那班也只是一知半解，不說高登，連基本的香港潮語「Chok」、「O咀」、「升呢」也不多認識！我決定把高登術語引入倉內，擔當高登的傳教士，宣揚這個偉大的文化。

　　自那鋪鋤大 Dee 後，甲乙丙開始把高登術語散播，大家都覺得超有趣，愈來愈多人特地過來問我這個字有沒高登術語，哪個字應該怎樣運用，我花了一點時間把記得的術語寫下來給他們

參考。但要清楚解釋和傳授正確運用方法其實不容易，一來他們沒有機會接觸高登這個世界、二來很多字都由錯別字變成，不寫出來不會覺得有趣例如廁田、万刀甲、拖舟、秦式炒飯、獨狐求敗、頂羽、謝賢、享利、李克勤等。但也有一些必學的，例如粗口。他們不消幾天就運用得純熟，經常以高登過濾字互相捉弄，別以為裡面的人都很凶很惡，其實大部分平時都像小學雞，因為監獄裡實在太悶，難得有新東西學，大家都很雀躍。

　　除了 Hi Auntie（屌你老母）、hihi（仆街）、傻的嗎（戇鳩）、做正義的事（把撚）、暗戀你（屌你）之外，高一階要用邏輯想象的如：不孝子（做一些會被 Hi Auntie 的事）、IP 都唔使 Check（一看就知誰做的好事）、食花生（等睇人仆街）、CD-Rom（齋聽唔講、齋睇唔做）、語癌病人（不善辭令，詞不達意的人）等，還有句子重組系列如用「已」字作過去式，我們都不會説「食咗飯」而説成「飯已食」。衍生了不少再造詞如「倉已踢」、「飛已劃」、「街已行」、「桌已覆」、「柳已擺」，他們都用得出神入化。混上監獄原本固有的術語一起使用例如：「個傻的嗎老襯為咗舊滑石，竟然喺扇打同個 ON 開拖，最後俾老職打入水記天山已坐，真係做正義的事！」雖然聽上去很奇怪，但我為打亂了這個世界的秩序而感到過癮。

【文化改革】
270日前

　　當中最有趣的事，莫過於一些高登術語跟監獄原來的術語有衝突，例如打J就跟落night撞了，人們都開始在打J和落night之間掙扎。老一輩會堅持講落night，後生一班開始轉口講打J。落night變成了一種傳統文化，打J變成了一種潮流，兩邊互不退讓，對話經常雞同鴨講……

　　甲：「落埋個night就瞓。」

　　乙：「又打？你晏畫唔係已經打咗一次J喇咩？」

　　甲：「嘩我落night都關你事？」

　　乙：「為你好啫！打咁多J傷身呀！」

　　甲：「你識條春咩？唔落先傷呀！」

　　乙：「I go to school by bus喇，早啲。」

　　但時間久了，情況開始轉變，兩極化的對岸關係慢慢融為一體，說多了聽多了用多了笑多了，老一輩都不再抗拒潮語。地位尊崇的元老級如司徒，都被感染成為巴打，例如他會在沙蟹時說：「今鋪賭埋條J都同你去埋佢，開！開嚟見我！」他的護法傻熹會在射龍門時說：「咁闊仲唔狗衝？我買哂！」和記的426喪強在鋤大Dee時會說：「Come On James！得副五骷就想hi我？」達叔每次拿到十四點至十八點之間時，都會激動拋出一句：「呃，喊出嚟！」當伍仔上洗衣期數分叉燒見到一灘爛屎快要

A WORLD IN AN IRON GRILLE

漏出來的時候會大叫:「嗚呀!席席Bird極!!」麥當又在騙新人劃飛時會裝感慨地說:「係貴喫,巴打,人生就係Have duck must have suck喫啦!」

　　我這個傳教士花了一個月時間,把這倉的人搞至精神分裂,大家都在新舊之間,鹹淡水交界之中對話,開始分不清楚哪是原來的監獄術語哪是新引進的高登用語。但這一片混亂的語言改革卻帶來倉內的「傾計熱」,大家都很努力學習如何純熟運用出兩種語言而不失霸氣,通過對話互相批評或欣賞對方的語言能力,倉內突然有一陣極濃烈的文化風氣,大家不再無所事事終日賭博消磨時間,他們一有機會就會運用潮語聊天交流語言心得,比拼潮語技能,有點像小學雞在麥當勞玩三國殺,看似很無聊,但其實是有那種玩意的魅力。

　　大家務求用得自然用得到胃而不停練習,有的還會寫講詞,記好一些公式句子的備忘。最過份是新人報道後會被強制性背誦潮語手冊,表面是希望新人能通過潮語盡快融入大家庭,說穿了其實只是要新人當新豬肉,舊人能用言語嘲諷新人的笨拙而已……

【文化改革】
270日前

怎樣都好,我有為這一事感到自豪,因為能為這倉帶來一點小革新。古語有云:「時勢做英雄」,我這次可説是「英雄做時勢」,實在是 IP 都唔使 Check。

有一位倉友見我名成利就,問有何發達心得,我沒有直接答他,用了一個例子:

「得四五千如何投資好?講真,四五千話多唔多話少唔少,我建議你上大陸搞生意,香港已經無咩發展空間喇。你先去買兩張廣州直通車飛,就400蚊,再去信和買1000蚊咸碟,同佢講大量買打個折,應該買到50隻以上,要買鬼妹同日本妹的,唔好買其他,理由下面再講。

坐到上廣州你手上仲有100蚊,去買包雲煙5蚊,然後係車站旁邊睇下邊個蛇頭鼠眼,打個眼色畀佢,佢就知你想唱假人仔,90蚊唱500蚊返黎,同佢講要唱散唔要100蚊紙。唱完拎包煙出嚟問佢食唔食,佢見你幫襯佢就有計傾,你打蛇隨棍上問吓邊到賣咸碟好。

將淨低嗰5蚊打散,用1蚊搭巴士入城,搵佢講嘅地方。然後

搵間士多買罐可樂，比唱返嚟嘅假50蚊佢，找返47蚊真人仔，袋好準備最後用。

等到日落你就開始擺地攤，也都唔洗，只要擺一塊黃布企喺隔籬人哋就知咩事。大陸憤青最憎架仔，暴發戶又媚外，你啲架妹同鬼妹碟勁好賣。啲碟唔係跟身，搵條後巷收好，有人嚟就帶佢去收貨，一隻賣佢100蚊，一路賣一收錢之餘一路將你啲假人仔找返晒出去。

賣完50隻，你應該已經賺到5000蚊，連埋你本身嗰47蚊＋4蚊，已有5052蚊，你嘅利潤100%，無嘢好搵得過咁。如是這你重複50次，你嘅複利率收益已過億，可以買張武漢高鐵飛坐去溫州，用現金收購就嚟執嘅廠，再請人造名牌手袋當真賣，不出3個月可翻10倍，到時應該有正牌注意到你，同你打官司，你就畀5000萬個官庭外和解，跟住執咗間廠，揸住9500萬返嚟香港準備買殼股上市。

上市後洗人去蒙古做假新聞，話你間野挖到地下有稀土，即時炒起隻股，3日內再賺10倍，然後配股比基金佬配到自己嘅股份唔夠5%，你就正式引退，求其捐1000萬比仁濟醫院拎個名人

【文化改革】
270日前

身份嚟做，再洗100萬登7張報紙支持政改同起高鐵，等特區政府頒大紫荊比你。

最後一步，就係等，等咩嘢？等天災。你最後需要嘅係一個機會，一有大型天災喺內地發生，你捐晒副身家上去，然後喺街執垃圾俾香港傳媒影到，舉世讚美你，1年內就做人大。

做人大後你有得選舉共產黨嘅常委，選自己，呢個時候唔好忘記你當初留低嘅47蚊＋4蚊，去搵萬里，佢係中共前朝唯一未死嘅大佬，你拎呢52蚊出嚟話係你全副身家，佢會深受感動，重拾共產黨當年起義嘅激情，結果拉隊幫拖投你，以佢嘅影響力你足以被委任為黨主席，去到呢步，唔洗再講啦⋯⋯」

18

A WORLD IN AN IRON GRILLE

PRISON

★	★	01
06	07	08
13	14	15
20	21	22
27	28	29

Dear Vivian：

　　相信妳都知我入咗獄，知妳個港女無錢到手一定睬我都有味，所以妳住嗰度我都已經無再交租，不過張附屬卡都暫時仲有得㩒，當作是畀妳嘅落仔費啦！

　　我諗幾個禮拜之後就會有人上來追租，勸妳都快啲執埋啲嘅東西搬走吧，合約完了，說到咁白，好明顯都知我唔續約，妳對波是大的，不過有點實，其實不好揸手，乳頭都有點黑，不過舌功都not bad，每次被妳奶袋底都幾high。

　　其實早就知妳好多手數，但都值三萬，知為何？
一，妳真係好撚淫，為何妳的水是源源不絕？
二，因為我想用高登仔身份屌爛高登女神個西。

　　就咁樣啦，唔好掛住我，祝妳搵到個新顧主，雖然唔是個個可以一晚四次，屌到妳反艇。

　　Between，
　　唔使覺得奇怪，D字跡不是我的，我搵人代寫，
　　Have a nights day

　　　　　　　　　　　　　　　　　　　Nelson

　　文化革新後，「切 J」成為不少人發牙痕大隻講的賭注，例如上文提及過的司徒，他經常說：「呢鋪我賭埋條 J 都要跟，開嚟見我！」事與願違，揭盅後發現落敗，賭注怎麼了？他可是沒有下過什麼實質的注碼，賭了敗了，J 數怎樣算？

　　最近就有很多人欠下一堆 J 數，但真要切，是談何容易？唯有接受一點小懲罰滿足債主和給其他參與者一個公道。J 數，當然要跟老二有關，字頭不願意決策（因為倉內欠最多 J 數的人就是司徒）。阿公為了杜絕食口爽賭 J 開空頭支票的人，決定以「釀珠仔」為懲罰，以「入一粒珠還一次 J 數」為還款單位，適用於打算開空頭支票者，即不夠賭注又要跟注的人，贏了便贏煙，輸了便入珠，但賭 J 者必須支付師傅的入珠費用，走數會被圍踏老二（像月光寶盒經典的一幕情節）。所以要賭 J，首先要有一件煙的本錢，因為入一粒「死珠」要一件煙。

　　唔……我……對……我亦曾賭過 J，在一場沙蟹中企圖以賭 J 佔別人便宜，豈料手持 King Pair 都要輸卡窿蛇，對方開牌時，我的心立即離一離，自知快要被捉去入珠仔了……

　　作為一個孝子，接下來就跟大家分享這個不可告人的「咪咪」。

【入珠實錄】
250日前

　　話說我輸了J數後，是有試過提出用雙倍煙還債，但大家看來一直都嫉妒我的小富戶生活，很希望看我墮落一鋪，有人出比我出的三倍煙叫勝方拒絕跟我和解，我出四件，他們出五件……說就算合伙湊錢也要湊給勝方拒絕我的協議，勝方當然無任歡迎，本來贏一件煙變成現在五件煙。最後我押下倉內規定「每場賭注上限為六件煙」的協議，心想可以平息此事，但他們竟以「賭J的文明規條」為理由，不留情面的迫使我就範，要不，即代表不願支付師傅入珠費的意向，他們就取正牌把我壓在地上圍踏……最後我無奈吐出一句：「Hi Auntie！入咪入囉……你班hihi……」

　　最陰毒的是我敗了這筆J數後並沒有即捕即行刑，要等三天，因為師傅的預約已經爆滿……

　　這兩個晚上可是我人生最難過的晚上，夜裡只要想起即將要被揪著老二硬食一刀，下面就無名而來的麻痺起來，就像台灣動新聞報道有女人用針拮老公老二的尿道一樣，一看到，龜頭立刻赤赤痛……就這樣，我掩著老二睡了兩晚，第三天還要吃早餐、上期數、吃午餐、上期數後才行刑……

師：「巴打，真係要多謝你將呢句嘢帶入嚟，我入嚟咁耐都
　　無試過咁好生意！」

我：「嘿……咁係咪想分返少少畀我？」

師：「我都要對分返畀阿公㗎……唔好喺乞衣兜攞飯食啦魚
　　兄！」

我：「唉……我英明一世竟然落得如斯下場！」

師：「最多我快手啲，眨吓眼就搞掂㗎喇，入咗珠先至係真
　　男人嘛！」

我：「司徒釀咗幾多粒？」

師：「哈哈哈，佢依家碌嘢入到成條海蔘咁呀！」

我：「真係慘，做老總都無得豁免……」

師：「家有家規，國有國法，字頭老總都要守規矩嘅，咁先
　　有牙力揸旗嘛！」

我：「我……屌我堅係驚……」

師：「我一日平均入兩個，入咗六年，咁都唔信我？」

我：「唔關你事啦師傅，係我除咗餵啲女食腸同痾尿之外，
　　好少無啦啦拎碌嘢出嚟㗎……」

師：「唉大家男人，怕咩呀！」

我：「就因為你係男人我先覺得老尷……」

師：「嘟唔好扎呀吓！扎咗入唔到㗎，仲有機會拮爆啲軟組

【入珠實錄】
250日前

織，血流成河㗎！」

我：「真係聽到都鳩縮……」

這個長相極似尹揚明的師傅氣定神閒帶上手套，然後用火機把器材燒燒炙，雖然這個炎炎夏日的下午，倉內的人都睡至半死，我脫掉褲子躺下來後心情仍是極度忐忑煩擾，我以兩件煙，嘗試對負責監察的字頭職員作最後一次賄賂，但他仍然不為此而動搖……唯有脫掉褲子…在一個男人前躺下來實在相當的尷尬和不安，我有一陣預感他會忍不住彎下腰替我口交……。

一邊為手術而憂心，一邊想起這些嘔心的事，然後又不斷自責自己當初為何如此武斷魯莽……

師：「魚兄，未問你，想入邊隻珠？」

我：「呃……吓……邊…邊隻珠？」

師：「係呀，有得揀㗎，玻璃珠又得，膠珠又得。」

我：「有……有咩唔同呀？」

師：「玻璃珠就持久啲，用好耐，膠珠會慢慢磨損，愈嚟愈細粒。」

我：「玻……玻璃唔會刴損J咩？」

A WORLD IN AN IRON GRILLE

19

師：「唔會，我嘅拋光技術認第二，無人敢認第一！」

我：「嘩……哈……是…是但啦……」

師：「均真啲講聲，玻璃珠就三件煙，膠珠一件。」

我：「玻璃啦……我只係驚如果佢喺入面爛咗，咪剕斷我？」

師：「唔會㗎，信我啦！咁細粒點爛呀，做咗十年都未有人
　　試過！」

我：「唉……是但啦……」

師：「入咗之後返出去，包你想返入嚟多謝我！」

我：「點解呢？」

師：「嘿！好 High 㗎！」

我：「咩 High？」

師：「佢哋話扑嘢嗰陣粒珠頂吓頂吓，啲女 High 到甩碌㗎！」

我：「都係啲女舒服啫……」

師：「唉年輕人，佢舒服咪即係你舒服！」

我：「都啱嘅……」

此時，師傅已拿著我的老二觀察，我心情變得更緊張……

師：「唔使咁緊張喎，唔係懲罰嚟㗎，幾多人喺出面都玩入
　　珠㗎！」

【入珠實錄】
250日前

我：「但係我真係無諗過攞自己碌鳩嚟玩……」

師：「嘿，唔係呃你，玩落你就知過癮。」

我：「其實點解你會喺呢度幫人入珠咁得意？」

師：「哦，傳統嚟，我本來都唔係做開呢啲嘢，不過一個倉總要有一個我呢啲人。」

我：「係？你指入珠師傅？」

師：「係呀，我師傅都係啲前輩傳落嚟，佢要出冊咯，咪傳去下一個囉。」

我：「點解既？」

師：「都話係傳統嚟，入嚟受，點都要入返一兩粒證明你夠拮屎嘛！」

我：「個個都有？」

師：「都唔係既，老手囉，相對白手少啲，入嚟四五隻嗰啲都無乜。」

我：「咁我咪好威？」

師：「你被迫啫！」

我：「唉……其實真係好戇鳩…」

師：「咪當有個機會玩吓呢味嘢囉，出去屌返夠本。」

我：「哈…師傅你真係……嗚……嗚……嗚呀！！！！！！！！！！」

A WORLD IN AN IRON GRILLE

19

　　跟179一樣，他們是會用說話引開你注意，然後突襲！這技比179更刺心，痛得眼水也飆出來，試想想龜頭低少少的位置忽然被割了一刀，是痛得幾乎窒息……那刀很痛，但很快，痛楚由該位置痛傳到老二的根部，接近春袋，再穿過屁眼、股隙、腰間、背部、頸椎傳上太陽穴到大腦，然後就有一些東西塞進來，一割一塞整個過程大概四秒，然後包紮，完成……

　　差點就受不了的死亡之痛，畢生難忘。以為自己的老二被割斷了，感覺相當驚慌，這也真有切J的真實感。手術完結後，心還是一蹦一跳大上大落難以平伏，不敢把焦點放在下身，只知師傅正手執著它……

　　師：「唔使怯喎，搞掂咗喇。」

　　我：「痛……痛到我飆晒眼水……」

　　師：「嘿，總有第一次嘅！」

　　我：「無第二次囉……」

　　師：「試過包你返轉頭！」

　　我：「半年後再講……」

　　師：「驚你入嚟搵我咋！」

　　我：「閘住！」

【入珠實錄】
250日前

師：「嘿嘿嘿……喂你揼住呢度，啲血乾咗之後就用紙巾包
　　住，唔好濕水。」

我：「幾耐㗎要……」

師：「兩日就得㗎喇！夜晚唔好側睡喎！」

我：「我驚我痛到瞓唔著……」

師：「嗱，醒你啊，一日三粒。」

我：「嘩……丸仔都有？」

師：「頂你唔好亂講，抗生素嚟㗎！」

我：「點……點解會有呢？」

師：「同啲B仔熟啲咪有囉。」

我：「兩日就好返？」

師：「傷口其實好細㗎咋！當擦傷少少就得㗎喇。」

　　穿回褲子，按著傷口一拐一拐回床，下面像……像你手指起
了刺，沒有拔走，間中蹴到時的痛楚，不是十分痛，但就是很不
自然，很不爽，你會不停注意著它、關注它、刻意避開蹴到它的
機會，反而令正常動作所阻。那種位置的痛，會令下半身麻痺難
以發力，走路還可以，但不能挺起腰。這晚的晚餐，我選回普通
餐，因為根本沒有胃口，坐下時腰間一摺，老二立即陣痛起
來，站起來擦到他又痛起來，總之怎樣也會觸到患處，令我每一

個動作也相當緊張。其他人看到我的不自然都報以得意洋洋的笑容，仿如藏著一句：「你都有今日！」

第一晚連睡也睡不了，第二天起來又睏又痛，心情極差，幸好我不用勞動，要是在這種精神狀態下工作，實在不堪設想。第二天也沒多吃，一直擔心蓋著傷口的紙巾會黏著老二，更擔心老二會否因為焗熱的天氣焗出細菌，繼而感染發炎……整天就在痛痛癢癢之間交纏，用手抓抓止癢怕弄傷，不解癢又令人忐忑不安，唯有不時微微扭動腰間，盤骨打轉時，老二會跟內褲磨擦，從而得到一點止癢。

炎炎夏日無法洗澡是相當難過，盡管我不多走動，汗還是會流，手腳還可以，但內褲被汗醃著兩天，只要微微把褲頭拉開，強烈的「鳩味」即時向上湧，女讀者或許比較清楚，巴打們一般情況下也很少嗅到陰莖的味道，除非像我這樣，在炎炎夏日焗著它兩天，那種像死魚一樣的酸臭味就會釀出來，是嘔心，又令人有一種想繼續嗅的癮，習慣以後，慢慢就喜歡把手放進內褲，再抽出來放到鼻上嗅。濃濃的體味黏在手裡，如香水般仿如有前中後味，由前味的蝦醬、咸魚、玻油香，到中味混雜一種像豬肉檔的血腥味，後味是煮成了的一碟馬拉盞肉碎椰苗味，感覺

【入珠實錄】
250日前

就是愛不惜手，令我經常把手伸進去撮一撮黏一黏，再放在鼻上嗅個飽……真想找個女生替我口交一番，看味道到底有多咸。

三天不多不少就痊癒，一粒保濟丸大小的小珠就緊緊鎖在我龜頭對下的一個位置，摸上去很有趣，像生了一粒大暗瘡。大概還未完全康服，按下去還有一點瘀痛，但這種痛楚很過癮，痛與癢的邊緣總是令人無法停手把玩……後來我知道這種叫死珠，即玻璃珠被釀死在一個位置，另一種叫活珠，聽說手術會做一條類似軌道，然後小珠就能在特定範圍內游走，聽上去很神奇，但監獄工具有限，要做活珠可有更大風險，所以大家都做死珠算了。

所謂入珠能增強性慾，大概跟穿舌環的原理差不多，有舌環的女生替男性口交時，能把舌環隨意跟老二把玩，玩法更多，刺激度更高，入珠就好像一些凹凸扭紋形避孕套般，能通過凸出的紋理加強刺激點。我在想，假以時日能再把老二放進凌美瑤的小穴內，這粒小珠的位置正正會磨到她的尿道與G點之間，相信很快就能令她爽歪，只要她爽，我們的床事相信很快改善，然後我們都不會再為床事感到乏味，我也不用再過著集郵的生活，有了這珠，便能享受快樂美滿的性生活，然後就能無後顧之憂地娶她過門，組織家庭後三年抱兩，生活從此美滿愉快……

A WORLD IN AN IRON GRILLE

19

我可是放了一個如此大的期望在這粒小珠身上。

PRISON

★	★	01
06	07	08
13	14	15
(20)	21	22
27	28	29

親愛的爸爸：

　　這半年來也沒有跟你見過面，你好嗎？

　　雖然媽媽斬釘截鐵說你沒事，但我知你還是惱我的不是。對不起爸爸，我知這事令你相當失望，失望得連見我一面也不想，兒子竟然淪為囚犯，這是何等荒唐的事？對，我知我就是如此的荒唐，每次也做出這些荒謬的事情，而令你不斷為我的無知和幼稚感到失望和生氣……這是我頭半年所想的事，直到我有一點想通後，我知以上的都不是重點。

　　起初，我還想你是因為那輛M6給撞毀而生氣，對，那輛M6的確不是錢能所能擁有的面子，這輛M6可能會是全宇宙裡第一輛給撞毀的M6……我為此也難過了好一陣子……後來我知道你並不是因為M6而不來見我，也不是因為兒子闖了如此的禍而生氣，你是為這些年來教得我不好而感到失落，對嗎？

爸爸，對不起，我自懂性以後就一直無間斷令你丟臉，中一時衰十一、中四時藏大麻、留學時衰十一加藏大麻，回來讀艾大時再衰十一，畢業時又藏大麻，工作時再來衰十一加藏大麻，我不斷的重蹈覆轍，你不斷的為我護航，想不到今次不再是衰十一和藏大麻，是醉駕、危駕和拒捕，我還在迷糊間認了罪，然後立即被打入囚牢。

　　爸爸，對不起，當我出來以後，也不懂得如何面對你，我令你失望，也令家族蒙羞，我不期望你會來探監，只期望你不會惱我惱至嘔血……

　　拜拜。

不肖子日辰上

【擦點數的生活】
230日前

　　獄中，我只有兩三個朋友，其他都是各自各，盡量不生事，達至和諧便最好，一來生事會被加刑，二來搞不好會連累他人，多一事不如少一事。但乏味的生活實在令人抓狂，每天就醒來、睡覺、吃飯、睡覺、吃飯、賭博和睡覺，完全喪失意義的生活只讓人不斷數手指，愈數，時間愈慢，時間愈慢，愈想搞事，可惜要在到處都是枷鎖的情況下搞一點事實在不容易，繼高登術語後已經很久沒有佳作，獄中的生活也不自覺令我比從前更懶惰。

　　比起現實生活，這裡當然不及外面質素好，但勝在無重沒壓力，而我又跟其他囚犯不同，我不用幹活，也有較優越的享受，除了我，獄中還有不少富戶，但大都是老一輩，四十餘五十餘居多，大多都是犯商業罪，也有一個誤殺、一個藏械、一個迷姦⋯⋯迷姦那個不是李宗瑞，但同樣是個富二代，純種香港人、三十未到，最近來了這倉。

　　那天他被送進來時，老職一如以往大嗌：「老強，五碌！」大家聽後正磨拳擦掌準備開派對，水房雙花紅棍彈波第一個走出來，凶神惡殺像要置這個強姦犯於死地，其四十四吋胸肌看上去真像能擋子彈一樣堅挺，又有誰會想到他平時會跟我說：「喂魚

222

仔，我條J已經入珠入到成個扭紋形Dom咁，我驚條女嬲鳩我……」

我：「都叫咗你個傻的嗎唔好賭咁多J喫啦！」

但面對著新強姦犯，他每天瘋狂操練的二頭肌三頭肌四頭肌五頭肌就快要爆炸一樣地扯旗，我想，這個肥仔遇著彈波都應該凶多吉少。

豈料一個B仔突然跑出來護駕：「咪住咪住……唔好意思唔好意思咁多位大哥，等一陣，等一陣！」

波：「點呀道友基！」

基：「呢位貴人喍呢位貴人喍！出面已經威咗一人劃一飛，
　　　希望大家高抬貴手，照顧呢位老同！」

司：「我未收到通知喎！」

基：「係係係，我都係啱啱知，係細倉飛鴿過嚟，好快就會
　　　有人通知司徒大哥您喫喇！」

波：「喂我點解要聽你點呀道友基！」

基：「堅真堅真！細倉㖭把老總意思嚟喫！」

波：「野狼哥？」

基：「係呀係呀！係野狼哥！」

【擦點數的生活】
230日前

司：「出面同隻野狗仔威咗又唔係同我威咗，關我鳩事？」

基：「呃呃呃司徒大哥，唔記得咗講唔記得咗講，字頭係額 外多十飛㗎！」

司：「十飛？」

基：「係呀係呀，希望字頭多多關照呢位老同！」

司：「你叫咩名？」

男：「嗨司徒哥，我叫Jake。」

司：「積？」

積：「都係一句啫，希望司徒哥日後多多關照！」

司：「唔……」

波：「喂司徒，咁唔係路數喎，衰風化入嚟牌頭話要擺橫入 廠㗎喎！」

司：「係，係……但係大家都有一飛喎！」

波：「我挑，一飛就試到你為人啦！」

司：「好你依家開佢波，然後全村人無雀打！」

波：「你大我呀？」

司：「彈波，大家都係求財啫，既然人人有飯食，咪忍讓一 次囉！」

波：「我點解要忍讓？你係老總先唔郁你，佢係邊位？」

司：「我都係為阿公啫，聽日人人有人餐食，有雀打，唔好
　　咩？」

波：「喂你字頭就話多十飛，我呢？」

司：「你估冧把開善堂，義務傳話無收錢？」

波：「呃……」

司：「嗯咁，彈波，依家興普選，我哋嚟投票開唔開波！」

波：「好，投票吖！」

司：「嗱各位，大家贊成一人一飛嘅就舉手……好……贊成
　　老牌頭嘅就舉手……。」

　　司徒的確是個聰明人，他刻意先給一人一飛作選擇，大部分
舉手投一人一飛的都是老襯，只有老潮的人不好意思表現本
性，最後五十多票對二十多票，還有二十多票棄權之下，新來的
阿積打破傳統成功保命，還得來不少信眾。當他走回自己床位的
途中跟我擦身而過，他眼神突然有異，像在街上蹴見一個認識的
人，好像認識但又不肯定，回到床位，他仍然盯過來，像要把我
看清楚，看得我很不自然……

　　自從這個混蛋送來一個大禮後，這倉的物價被間接推高了很
多，那些平時靠按摩、摺被、代工等事務賺煙的老襯都提高了服

【擦點數的生活】
230日前

務價格，我得要付上比以往多一點五倍的工資才能繼續駛得他們，實在大出血，短短四天已燒了兩飛多，幸好只維持了一星期，不然我劃多多飛都不夠維持生活質素⋯⋯

送大禮後，他的罪行就一筆勾銷了，雖然法律面前人人平等，但總有些時候有錢人還是較有架勢。送大禮後，他還是有派不完的煙，數量比我有過之而無不及。在獄中，花得起錢的人是會有Exclusive享受，別人吃如狗糧一樣的膳食，有錢人吃星級餐廳的菜色、別人在烈日當空的暑熱下行街，有錢人有人肉風扇乘涼、別人要工作，有錢人假手他人，別人要排隊拉屎洗澡刷牙，有錢人有排隊專員、別人要儲煙換東西，有錢人直接跳過這些步驟。

我是其中一個，阿積也是。

監獄情況跟網上育成遊戲一模一樣，普通人要循序漸進、循規蹈矩地玩，打敗一個敵人加一分，儲滿十分升一級，升呢會有一種新技能，有新技能才能挑戰新任務。

我開了一個月Game後，就突然由Level 1升到Level 99，一

A WORLD IN AN IRON GRILLE

切技能道具甚至敵人也手到拿來，要什麼有什麼，獄裡一切要升級購買的東西，我也輕而易舉地得到。

例如期數，普通人要努力工作，在期數裡不斷升職，凡升一職，工作便輕鬆一點，洗衣期數由Ａ級分叉燒執屎，升上Ｂ級搬運叉燒後不用再直接蹌到屎尿血；Ｃ級複檢叉燒，只需輕輕檢查分類是否正確；Ｄ級是分配人手及指揮，最高層的Ｅ級，就只需每天填寫一份薯仔文（報告）呈上老職就完成。而我，連薯仔也不用切，每天一上期數直接小睡。

又例如買東西，大部分同倉都是靠期數賺來的錢，每月在點心紙剔選物品，有些人一個月只有百餘元，購買所需的香煙後，剩下只能買一包餅碎、幾盒飲品，連滑石都要湊錢。於是，你是無法不向惡勢力屈服，向供應商購買點數卡，用點數極速升級。

我以前就有玩過一隻韓國出品的街頭籃球網上遊戲，遊戲基本上是免費，但你一開Game只是個「柒咕碌」，穿一件白色T-Shirt配一條運動長褲和白色球鞋，技能只有基本的跳、傳、射，連走籃都欠奉。

【擦點數的生活】
230日前

　　遊戲有為玩家分配不同級數的房間，柒咕磲只能跟其他柒咕磲在 Level 1 房間對戰，大家都只能跳傳射，直至升級至 Level 2 開始，便能跟 Level 2 至 15 的玩家一起對戰，然後就好像進入另一個世界，那裡恍如一個千奇百怪的野生動物園，因為裡面會見到穿上整齊西裝的玩家飛身入樽、也有像迪士尼 Cosplay 的跳跳虎插花過人、滿身刺身的嬉哈黑人旋風式走籃、忍者跳到九層樓高槍籃版、蜘蛛俠仰後跳射等，完全超越我這個柒咕磲能夠想象的人和事，通通都在我 Level 2 的第一場比賽中出現。

　　很多柒咕磲起初以為可以憑真正的操控技術挑戰那些誇張無道的野生動物，但結果一定會氣餒，因為那班用點數買裝升級的人是瘋的，無論 Level 3 的消防員或 Level 15 的李小龍，都能飛身入樽、後空翻過人、瞬間轉移走位……然後你會明白，只要有點數，Level 幾多根本不再是重點，重點是你能強姦多少個柒咕磲來換來多少快感……那麼，你要是有錢，還願意當柒咕磲嗎？

　　而這裡只分三種角色，一是沒點數的老襯，二是字頭會員，三是有點數的老襯（尚未有見過有點數的字頭）。

　　字頭會員就像遊戲的 VIP 會員，雖然跟普通玩家一樣要儲經

驗值升呢,但開 Game 時會附送兩三件法寶道具,一兩件有趣的便裝或一兩種中級技能,已比一般柴咕碌好得多,起碼你開首已能玩得高興。

　　沒有點數的老襯就注定要被吃,一方面被遊戲商牽著鼻走,另一方面又被 VIP 會員欺負,更甚,是被有點數的老襯強姦,例如我會付錢給老襯替我排隊、拿飯、摺被、掃垃圾、洗廁所、上期數不在話下,還要他們在行街時替我按腳、採耳、把新劃的煙改老冧、彈結他伴奏給我和其他人唱 K、像獸書般替我代筆寫信,當沙包給我們出氣、扮馬給我策騎跟同樣有點數的人競賽,甚至要兩個老襯隻揪,給我們下注賭博等。只要有點數,那些身無分文又得不到老職歡心的老襯就會自動獻身當你的傀儡,就算點煙,也有人替我擦金枝點火,在獄中,有點數就是王道。

　　說回阿積,他正正就是騎著人肉賽馬跟我比賽的人,據報稱他的家族是經營黃金買賣生意,可想得到他腰間何止纏上萬貫?自問從來沒有出言挑釁,一直本著多一事不如少一事的原則,但他總是喜歡跟我對著幹,例如我劃十飛,他就劃十二飛、我吃二等餐,他就點一等餐、我下一件煙賭注,他下一件半、我

【擦點數的生活】
230日前

向甲用一件煙租毯，他就要用兩件煙指名要租甲的。實在猶如小學雞般的意氣用事，但他確實子彈多，吹佢唔脹。

A WORLD IN AN IRON GRILLE

20

PRISON

★	★	01
06	07	08
13	14	15
20	(21)	22
27	28	29

02	**03**	**04**	**05**
09	**10**	**11**	**12**
16	**17**	**18**	**19**
23	**24**	**25**	**26**

197日前

【阿積】

美瑤：

　　這裡生活很乏味，每天日日如是，醒來吃然後睡覺，醒來又吃然後再睡覺，幸得有妳給我的書，除了填空了我閒置的時間外，還為我帶來更多從前沒有想過要學到的事，例如我現在好像更了解得到和捨棄的關係，讓我活得輕鬆了不少。

　　我無疑是在虛渡光陰，在這裡關得太久的人都與外面脫節了，這裡就有一個困了十年多的人還停留在768時代，他沒法接受iPhone的事實，每次形容給他聽，他也說我們騙他，科幻的事不切實際等。

　　我終於知道犯了事的代價，就是要令你與世界脫鈎，令你失去活著的欲望而踏實做人。我不希望被這裡撲熄活著的火焰，於是，我是經常提醒自己，外面還有妳，我得要給妳更好的生活，我會努力，因為我愛妳。

　　P.S.
　　妳前天送我的書已經看完了，下次能夠多帶兩本給我嗎？

日辰

A WORLD IN AN IRON GRILLE

21

　　阿積，其高調性格在倉中人緣好壞參半，不喜歡他囂張成性的人不夠他富裕，也有不少因為他疏財仗義的性格和能歌善舞的技能而成為他的信眾。他對人不算禮貌，但用不完的煙的確為他加分不少，可就是不思不得其解為何他對我的態度特別惡劣，語氣粗卑外，還頻頻替我改綽號，先叫我四眼龜（因為我是帶眼鏡的），再變成馬騮龜（因為我身形比較瘦削），現在叫我龜頭魚（大概是由之前的龜字和我的姓氏演變出來）……

　　他很喜歡大聲喊出來：「龜頭魚，碌鳩咁短就咪食芥蘭啦，哈哈哈哈！」你明他説什麼嗎？我就摸不著頭了，因為這個混蛋是亂來的，每天也像豬吃春藥般亂吠，對話從來不連結時間人物地點，純粹針對性挑釁，精彩對白如……

　　操場上
　　積：「龜頭魚，個龜殼軟灘灘，扯咗都起唔到機啦！」
　　我：「痴線佬……」
　　積：「痴線蜘蛛屌鳩你！」
　　我：「你其實係咪傻㗎？」
　　積：「龜頭魚，你埋牆自己反省吓啦！」

【阿積】
197日前

飯堂內

積：「喂龜頭魚，你撞到我嘅！」

我：「你玻璃做㗎？咁叫撞？Hi到啫！」

積：「Hi你老母呀龜頭魚！」

我：「死痴線佬，你究竟想點？」

積：「睇爬呀！」

監倉內

積：「哈哈哈屌你龜頭魚行路行到成隻狗咁，你龜黎㗎咋哈
　　哈哈！」

我：「喂大哥，其實點解係都要咬住我唔放呢？」

積：「吖？我咬住你唔放？係你起唔到頭咋！」

我：「你都九唔搭八得幾嚴重喇喎！」

積：「魚同人梗係會有語障㗎啦！」

我：「白痴仔！」

積：「打我吖？你咪又鳩縮！」

扇把內

積：「咦？痴屌呀龜頭魚！」

我：「又關你事？」

積：「喂咁即係唔郁得啦？」

我：「行開。」

積：「咦？驚呀？驚呀？」

我：「我驚痾咗落你個口度咋！」

積：「嘿嘿嘿，我企喺度望住你碌鳩縮吓縮吓都幾過癮吖！」

我：「其實你係咪基嘅啫？」

積：「嘿！係唔講聲你知，我搵咗個 Gay 仔搞你喎！」

我：「哦？咁我咪要好驚？」

積：「你今晚咪照瞓囉！」

我：「我有事，你第一個打包！」

積：「挑，你咬我食？」

他媽的死肥仔，那個晚上我真的睡不著……

除了言語，他還會對我有不少正面衝突，早上刷牙洗臉時故意的碰撞、中午午飯時間時推椅、行街時間踢足球蓄意犯規、晚上時間聚賭針鋒相對、連大燈關掉後的睡覺時間，也要走來拉拉我的毛毯、撩撩我的腳板、吹吹我的耳洞，這可是相當滋擾的事情，他就是無理地不停針對性挑釁我……我就是大惑不解為何他如此討厭我，是因為我跟他一樣是大戶嗎？

【阿積】
197日前

「喂龜頭魚，今日不如詐病啦！我驚忍唔住踢斷你隻腳呀！」

繼籃球比賽後，我們有五人足球比賽，一樣先來一個同倉淘汰賽再跟鄰倉決戰紫禁之巔贏取六包裝檸檬茶。今天我的隊伍要跟阿積那隊對決，認真說，我是有點怯，阿積真是一個痴線佬來的，媽從小就教我跟豬跟狗爭執也別跟痴線佬鬥，因為痴線佬是無限制，無極限的。

達：「呃！年輕人，今日靠你食糊喇嗝！」

伍：「莊開讓半球，我重鎚，贏一粒就一個月唔使上期數喇！」

我：「大家要小心阿積個痴線佬……」

達：「係呀！最緊要係友誼第一！」

我：「唔係呀達叔，我硬係覺得阿積唔係為咗踢波咁簡單
　　……」

達：「唔怕，有達叔喺度！」

伍：「總之大家小心啦……」

下注的下注、打氣的打氣，球證（亦是囚犯）哨子一嗚後球賽正式開始，我隊先進攻，達叔有不錯的腳法，伍仔跑得很快，還有另外兩位隊員防守，對面全是阿積的信眾，一班擦鞋的

不停把球傳給阿積希望得到助攻，我們起碼有一個完整隊型，論牌面絕不輸蝕。

但你以為這是足球賽嗎？這可是一場在監獄的比拼，只要有煙，就根本不會公平，籃球還好，因為那時候阿積未打進來，現在阿積已把這倉搞得秩序大亂了，除了阿積隊的球員助攻有錢分之外，大概球證都被收買了。

阿積是那種恐武有力的那種胖子，他像要把我們每一個都幹掉般，每一個動作都極盡粗鄙，搶身位少不免肘子向外，揮得伍仔胸骨幾乎碎開，老親底的伍仔只能啞忍，球證示意繼續。阿積再來飛剷防守，攔截我其中一個隊友時把他的足踝踢曲，隊員慘叫一聲，球證也沒有吹罰，再來是達叔跟阿積跳起爭頂球時，阿積竟然衝前用頭撞向在空中的達叔令他傾前跌下來，伍仔見狀馬上撲上前接著快要頭部墜落的達叔，二人撞在一起跌在地上，阿積得戚地笑一口，然後拾回皮球迎面攻過來，距離只有三米之間，當我正盤算如何把他截住的時候，他突然起腳把球猛力射過來，迅雷不及掩耳，「嘭」一聲，我下體便正中猛虎射球，皮球衝力與及爆炸性的劇痛把我整個人撞飛，還未趕及掩著要害，整個人已彈後向前傾，下巴「咔」一聲撞向地，老二被如此猛烈撞

【阿積】
197日前

擊後，有一陣窒息時間，我以為自己就這樣氣絕身亡……

> 甲：「喂喂喂你想點呀！?」
>
> 乙：「咩呀咩呀？你咬我食呀？」
>
> 丙：「喂你有無搞錯呀！踢波定攞命呀?!」
>
> 丁：「唔妥咪隻揪囉，唔使咁樣陰人呀!」
>
> 乙：「係咪隻揪先？依家吖依家吖！」
>
> 甲：「屌你淨係你呢吓我哋都圍得你啦！」
>
> 乙：「咩呀？你以為自己人多呀？」

　　我已聽不出誰跟誰，只能躺在地上彎起腰像蝦米般翻來覆去，說真，痛，很痛，真的很痛，那種痛是痛上胸口，令人透不過氣。

> 甲：「喂魚仔，魚仔，你無事嘛?!」
>
> 我：「咳……咳咳……我……」
>
> 乙：「喂一齊抬佢出場外，叫老職啦！」
>
> 甲：「魚仔，深呼吸，唔好攣起個身！」
>
> 我：「嘎……嘎嘎…………咳……咳咳……」
>
> 甲：「喂魚仔！魚仔……」

　　最後，我被送進醫院，醫生脫掉我的褲子，拿著它檢查，這是第二次被男人拿著老二……感覺依然尷尬，但今次它被醫生拿著時隱隱作痛，我最憂慮是他今後能否抬起頭……

　　醫生說我傷了軟組織，幸好沒有射爆睪丸，不然真不堪設想，短期內它會出現瘀黑色的傷痕，暫時不能手淫，穿褲子時也要小心，軟組織爆裂，裡面的軟骨很脆弱，搞不好再弄傷，就真的可以切掉下來燉湯。

　　沒有留醫觀察，即日就出院，我也不想留在那裡，監獄的醫院是死氣沉沉的。回到倉，大家都極為關心，輩份大如司徒也上前慰問：「喂魚仔，無嘢嘛？」阿積走過來，我下意識退後一步迴避，一是我很虛弱，二是我的確有點害怕這個瘋子，他咀角向上微微彎著說：「喂踢波咋，你唔會嬲鳩我啩！」我沒有理會他，倚著伍仔的肩膊一拐一拐回到床位，下格床的老同自願跟我交換床位，好讓我不用夾著傷重的老二爬上爬落，實在患難見真情，在冷冰冰的監獄裡，也有一點溫情。

　　他媽的這三天，睡覺時轉個身稍為碰到老二都立即痛至驚醒，阿積這個瘋子實在令人相當困擾，我應該怎樣應付他？我真

【阿積】
197日前

的怕了他，倉內每一個人都怕了他，連司徒也忌他三分，因為他的錢實在太多，頭腦也太不正常，還要有一大伙跟班，他的勢力就如在倉內多開一個字頭般強大，誰敢惹他？

　　如此一個活生生的技安，偏偏選中我為大雄，而又不設定一個叮噹給我，連靜兒都沒有，我只是無間斷的被他欺壓，我的生活不再平靜，不再悠閒，不再豐盛，連night也不敢落，有次終於害得我真的夢遺了，然後醃著臭了一整天……

PRISON

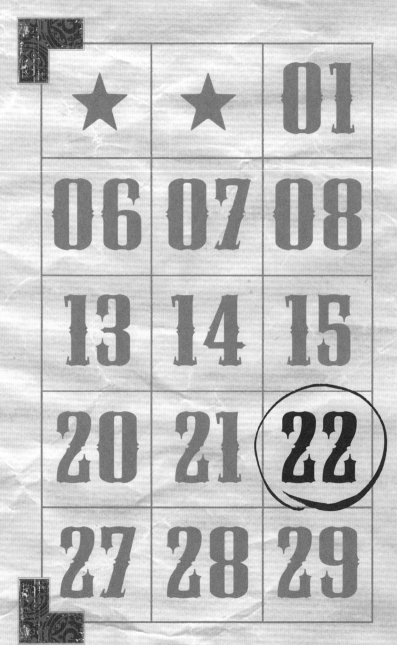

02	03	04	05
09	10	11	12
16	17	18	19
23	24	25	26

180日前

【打包】

【打包】
180日前

我：「你已經覆桌咗幾簡，其實有無諗過撈返正行？」

伍：「唉，跳咗灰咁耐，仲做得乜吖⋯⋯」

我：「你⋯⋯你無屋企人嘅咩？」

伍：「有，老母同個女。」

我：「你唔想陪住佢咩？」

伍：「我想佢唔想呢⋯⋯邊有人想有個爛賭嘅毒犯老豆㗎⋯⋯」

我：「咁你咪改過自新囉！」

伍：「唉，唔好搞咁多嘢喇⋯⋯我其實都幾習慣呢度嘅生活。」

我：「你個女有無嚟探你？」

伍：「無。」

我：「咁你掛唔掛住個女？」

伍：「唉有時啦！」

我：「仲有一隻你就出冊，係時候改變一下吖？」

伍：「唔⋯⋯」

我：「你個女幾多歲？」

伍：「十四。」

我：「咁同邊個住呀？」

A WORLD IN AN IRON GRILLE

伍：「同我阿媽住。」

我：「都好，咁你出咗冊返去咪可以即刻見返個女囉！」

伍：「但係個女堅係抗拒我……」

我：「豆釘咁細鬼知你跳灰咩！」

伍：「但係佢覺得係我害死佢阿媽……」

我：「你……老婆？」

伍：「我老婆DD死。」

我：「佢係你客仔？」

伍：「唔係……。」

我：「咁……」

伍：「佢唔想我繼續賣粉，所以一次過隊晒落口……」

我：「噢……」

伍：「然後我就入咗㗎。」

我：「噢……」

伍：「真係攬炒。」

我：「你老婆點解會咁激動？」

伍：「嗌咗場交之後意氣用事囉……」

我：「佢唔知咁嚴重？」

伍：「好明顯啦……嗰度成kg，一嘢倒晒落口……」

【打包】
180日前

我：「呃……」

伍：「好彩佢無餵埋個女……」

我：「所以個女唔跟你？」

伍：「佢睇住佢阿媽啪晒成包粉之後抽搐……嘔泡……
救……救……護車都未……嚟就……就……」

我：「你呢？」

伍：「我嗰朝出咗去買早餐，返嚟啱啱好見到佢最後一唥
氣……」

我：「係…點㗎？」

伍：「我諗佢真係好憎我……」

我：「個女呢？」

伍：「喊到豬頭咁……」

我：「白車嚟咗都無用？」

伍：「我哋住唐樓，佢哋踩到上嚟都攤凍晒……」

我：「唔……」

伍：「我之前喺荔枝角嗰邊有食藥，好彩唔使送去青山……」

我：「吓你食咩藥？」

伍：「衰咗入冊之後有啲情緒唔穩定咁囉……至於咩藥我就
唔知喇。」

我：「噢……依家好返未？」

伍：「間中失吓眠發吓惡夢咁，都係噉啲……」

我：「老同，振作啦，希望在明天，一隻後一條好漢，唔好
　　再搞毒喇！」

伍：「魚仔，你就話屋企大把貨啫，我阿媽執紙皮㗎咋！」

我：「你識做啲乜？」

伍：「我…唔……我真係字都唔識多個㗎……」

我：「如果做吓送信、換吓燈膽、執頭執尾呢？」

伍：「哦，咁應該得……唉郵局唔會請我啦！又老又坐過
　　監……」

我：「三十幾就話老？」

伍：「我16、7嗰陣做過搬貨之外就無試過有份正職喇喎
　　……」

我：「咁所以先係時候抬起頭做人！」

伍：「喂魚哥，係咪有好路數？」

我：「我要請多個助理都唔過份嘅！」

伍：「喂魚老闆，咁我跟你㗎喇！」

我：「你以前運一次毒幾多錢？」

伍：「雖然唔係日日有，不過跳一次，細單嘅一千幾百，大

【打包】
180日前

單嘅有成兩三千蚊㗎……」

我：「一個月平均有幾多單？」

伍：「唔……旺季一個月有四、五單㗎，都幾肥仔！」

我：「乜有分淡旺季嘅咩？」

伍：「有㗎，白麵就平均啲，茄同草真係季節性，天口熱會多啲㗎！」

我：「我公司暫時就畀唔到咁多你喇，萬二蚊OK？」

伍：「O呀O呀！我有時一個月連兩千都無！」

我：「噇為咗迫使你行返正軌，我之後會同你簽返份合約……」

伍：「吓咩合約？」

我：「你兩年內絕對唔可以自行離職，如果唔係就當毀約㗎喇！」

伍：「哦哦哦！難得有份寫字樓工，我一定會努力㗎！」

我：「出返去買返幾件恤衫呀，唔好寒寒酸酸喇！」

伍：「係係係，多謝魚哥關照！多謝魚哥關照！」

我：「喺出面叫我Nelson。」

伍：「呢…咩……」

我：「唉叫我于生啦。」

伍：「但係你未出冊嗰段時間我點算？」

我：「都係三個月啫，洗碗又好做咕哩又好，好快就過到㗎啦！」

伍：「咁又係⋯⋯」

我：「最緊要抬起頭做人，喺你個女面前堂堂正正做返個男人！」

伍：「魚哥多謝你⋯⋯我會自力更生㗎喇！」

我：「同個女好返，然後睇佢畢業，睇佢結婚，做埋阿爺湊孫，你話幾好！」

伍：「我覺得我人生終於有返意義！」

我：「係呀！做人無夢想，同條鹹魚無分別！」

伍：「嘩！魚哥，金句呀！」

我：「嘿⋯⋯」

伍：「我驚做得唔好俾你炒魷咋⋯⋯」

我：「唉，你咁高，換燈膽難你唔到啦！」

伍：「哈，唔好講笑啦！」

兩天後一個早上，伍仔被發現在扇把用匙羮柄尖自殺⋯⋯這

【打包】
180日前

是我第一次遇上監獄所謂的「打包」。

　　那個早上，我們如常的起床，第一個走進扇把的老同金枝祥看見有人躺在地上血流成河，叫嚷：「有人切腹呀！」我們都驚醒過來，大家拉起包裹轉過來才知道是伍仔……我腦一片空白，一兩天才跟他談得興高采烈，滿懷希望，這或許是我人生裡做的第一件好事……才兩天，怎會……

　　不會……不會的，他不會自殺，他沒可能自殺……不……不會的……

　　我想不通，一個人重燃希望後只會比從前更渴望生存，他還有一個女兒，他雖然跟女兒關係不好，但一說到她，伍仔會以一口嘆息代替心裡無底的難堪，我知他得到一個重新做人的機會一定比任何人都更雀躍，他不可能自殺……

　　但要不是自殺而是被殺，謀殺的動機又是什麼？哪有人要一個膽小、低調、滑頭的老視狗命？要不然他跟我同期數，床位又跟我相近的話，根本不可能留意他甚至發現他，要不然他奮身保護達叔，我也不知他心地是挺善良，要不……

　　我有想過是小惡霸阿積做的好事，但我想不出他要下毒手的理由，要是被老職查出，他可要加監，又有誰想加監？還要為一個比老襯更老襯的柒咕碌加監⋯⋯

　　我心情很低落，總是覺得他還在生，期數時他還會來掘煙⋯⋯老職進行了三天調查，把跟伍仔較熟悉的同倉進行個別問話，我也是其中一個，被他們帶到保安阿頭「鬼王」的辦公室。

　　這可是首次這麼近距離跟他接觸，他是個非常健碩的男人，羅仲謙身型，劉青雲的粗眉大眼，黃秋生的剛強中略帶柔情的腔調，跟穿啡色囚犯制服的我形成莫大對比；他的強壯我的瘦削、他的堅定我的恍惚、他的地位高昂我的渺小、他有著「食硬你」的姿態，在他面前根本無從招架，坐在他面前，心裡只想到：「究竟老襯見鬼王時如何不失霸氣？」

　　鬼：「有無嘢想同我講？」
　　我：「我⋯⋯我都諗唔通⋯⋯」
　　鬼：「聽人講你好疊水㗎喎，大戶。」
　　我：「我⋯⋯唔係，只係想喺呢度生活好少少啫⋯⋯」
　　鬼：「你同伍志強都幾Friend㗎喎？」

【打包】
180日前

我：「係，我第一個認識嘅同倉就係佢。」

鬼：「點識？」

我：「同期數囉。」

鬼：「你知唔知佢有咩仇口？」

我：「無啦……佢老襯底，又窮又弱，淨係識刷人鞋，邊會有仇家……」

鬼：「即係，你覺得佢係自殺？」

我：「我……我唔知……應該唔會係自殺……」

鬼：「點解呢？」

我：「因為我幾日前先同佢講話請佢嚟我間公司做！」

鬼：「咁又點？」

我：「佢撈咗毒咁多年，有返份正職見返光，可以同個女相認返！」

鬼：「所以你覺得佢係因為你，所以唔會自殺？」

我：「我覺得係……」

鬼：「如果我同你講我哋覺得佢係自殺呢？」

我：「點解?! 根本無任何動機要自殺！」

鬼：「佢個女喺出面畀佢以前個道友客仔強姦咗。」

我：「吓……」

鬼：「社署喺佢自殺前嗰日嚟過通知佢。」

我：「呃……點……點會……點會咁……」

鬼：「所以，我哋係有理由相信佢係自殺。」

我：「咁……咁你唔使問我啦？做乜要勞師動眾又叫呢個嚟
又叫嗰個嚟?!」

鬼：「係咪咁同阿 Sir 講嘢？」

我：「呃……Sorry Sir……」

鬼：「死咗人，我哋都要落口供，有記錄先可以處理。」

我：「伍仔……咁伍仔個女點？」

鬼：「社署會安排。」

我：「咁佢阿媽呢？」

鬼：「都係社署會處理。」

我：「伍仔……」

鬼：「無嘢喇，你可以返出去。」

我：「……」

鬼：「點呀？仲有咩想講？」

我：「阿 Sir 我……」

鬼：「唔？」

我：「都係無嘢喇……Goodbye Sir。」

【打包】
180日前

　　其實，我原本想跟鬼王舉爬過界，因為只有他才能寫監頭紙安排，但還是不想在這個時間過界，一：怕別人以為我心虛；二：我想在伍仔的前七後七留在原地，等他回魂時能跟我作最後道別。

　　前七後，阿一為伍仔舉行一個倉內葬禮，中午上完期數後到飯堂前，我們先到操場集合。今次不是放風，是跟老職們一起站在伍仔的照片前鞠躬默哀一分鐘，我忍不住哭了出來，眼淚滴到腳板前，心裡埋怨為何人生是這般的無常，為何人又是這麼的化學，為何有些人想死會如此難，但有些人死得是如此容易……

　　後七那天，我把晚餐的橙留下來，照黑手們追悼先人的方法先把橙頂鑽三個洞，然後把三支煙插進去，放到窗邊。身邊烽煙四起，才發現身邊幾位鄰居也跟我同樣做了這種花牌。

　　這個晚上格外平靜，沒有聚賭，沒有多少人大聲聊天，大家都靜靜看書的看書、健身的健身、發呆的發呆，直到大燈關上，大家都去睡。

　　我看十多個沾滿煙灰的橙，眼淚又流下來，突然覺得這是一

個死人地方，被關在這裡太久真會把人逼瘋……

伍仔是我第一個在獄中相識的人，雖然一副船頭尺性格，但總算教曉我不少祠堂牌頭，也算是我的朋友。

望向天，離開，伴著淚光把你目送……

PRISON

★	★	01
06	07	08
13	14	15
20	21	22
27	28	29

美瑤：

　　對不起，我知妳不會原諒我的過失和不忠，我以為事情都能瞞過去。瞞過去後，我真有跟自己說過從此以後都要對妳一心一意，因為，我真的長大了。

　　或許世事就是天網恢恢疏而不漏，妳終於也知道真相，雖然我連她的樣子也忘了，但我的確是有企圖越軌。如果一切可以從來，我定會專心致志愛妳一個，因為妳是值得如珠如寶的被寵愛。

　　對不起，美瑤，我出獄以後，會默默的等妳回頭，我會在無人的街中等妳，直到天昏地暗，我會在妳視線範圍以外偷偷看妳，想念妳，等妳。

　　我想在此給妳寫一段歌詞，藉以表達我對妳的心情，也希望妳能到 Youtube 收聽其憂鬱的旋律，從歌曲中回想我們的愛。

多麼想用說話留住你，心中想說，

一生之中，都只愛你，

為何換了對不起……。

今天分手像我完全負你，

這傷痛盼望輕微，望你漸忘記。

我，每日也想著你，靠在這街中等你，

遙遠張望，隨你悲喜，視線人浪中找你……

行近，我又怕驚動你，我又怕心難死，

立定決心以後分離……。

一生裡頭，誰是我的心中最美，

往日的你。

日辰字

【告別】
165日前

昨天，美瑤前來探監，我滿心歡喜迎接她，豈料第一秒，心已經離一離，她一坐下，神情凝重，然後就告訴我她已經知道事發當日我車上載著一個醉娃，而且，那醉娃還未夠十六歲。

她從而推斷出這只是一件冰山一角的事，不幸是我出了意外，幸運是終於給她發現。她以一句「或許我也再無法包容你了，日辰」作尾，然後就轉身離開。我目送她的背影，把準備好的說話嚥回肚裡，她千里迢迢的過來就是要跟我道別，但我連一句挽留的話也說不出，因為我的確辜負了她，天網恢恢，我總無法逃避從前犯過的錯⋯⋯想到此，眼淚又再流下來。

雖然她大概未知道我出面其實還有另一個包養的嫩模，與及平日晚上花天酒地、燈紅酒綠的糜爛生活，但已夠她傷心欲絕，不幸之中的大幸就是在她心中，我只是第一次企圖越軌Only。要知道在大部分女生心中，Exclusive就是天大的重要，男人的精神和肉體也必須唯一的供給她享有，無論她性冷感又好、飛機場也好。所謂一次不忠百次不容，我知今次給她發現以後，她是有思量過而得出的最後答案，她知道今後也無法再相信我，才提出離別。

　　我為她的離別感到可惜、不捨、傷感，或許她就是我在囚期間的希望和寄託，也或許是因為我們相識於微時，回想過去曾有一段快樂的回憶。我們到過台灣看五月天、到過韓國滑雪、到過北海道賞櫻花、到過法國拆解達文西密碼、到過倫敦看奧運、到過拉斯維加斯 Hangover、還打算乘歌詩達遊輪到加勒比海找 Johnny Depp。

　　雖然性生活不協調，但跟她一起是能感受得到婚姻的感覺，她令我知道哪裡才是真正的家，家應該是怎樣；就像她那樣不慍不火、中庸而不俗套，細水長流的真摯，最重要是她可是由我開苞，問世間，還有哪妞未被操過？這世代要做零手車主實在不容易，她是無瑕疵的。而其他女生只是用來操，我不操她們自有其他人操她們，根本只是關於性慾和性慾，跟美瑤完全不同。

　　我知今後要是失去她，我不可能再找到真愛，我會純粹為滿足權力、欲望而跟其他女生交往，操女會是我唯一的人生寄託。在不少人眼中，這是何等的好人生，但當你的人生要迷失到只為著這種事而活著，比起一家四口，要為供樓養妻活兒、早上逼巴士、午飯叮飯盒的男人更可悲，因為他們起碼知道下班後回家能跟妻兒共聚天倫，我，只是為把老二放進誰的陰道來來回回

【告別】
165日前

抽抽插插而已。

而我身邊的女人只會想，到底裙要穿多短胸口要拉多低才能坐進我的細牛，到底要給我操多少次，內射多少遍；才能把來上鏡機會。如果要找一個能真心交往的女生，難道真要我到惠康執貨架，買一輛Corolla？

不，不能。就如在這裡，要我踏實著地上期數儲錢買煙，不如一槍打死我。我相信今世的優厚條件，絕對是我上一世、上上一世和上上上一世積下來的福，可不能白白浪費，可不能當回一個平凡人或許我沒有阿積般瘋狂，但基本的生活質素是必須的。我根本無法下山，因為世界是需要從山上看下來才看得清，就算被打入牢，我也要在牢頂。

關於凌美瑤，我這夜哼起我們從前曾經在浴室一起洗澡時合唱過的歌：

誰人能料愛會這樣，盼你會體諒，
從前承諾已變了樣，愛意那可強，
默默望著滿面淚痕，仍然無怨……

A WORLD IN AN IRON GRILLE 23

怎麼可將歉意奉上。

嗝，嗝嗚嗝禍噢，只恐怕不再遇上⋯⋯

PRISON

★	★	01
06	07	08
13	14	15
20	21	22
27	28	29

【禪修】
160日前

積：「嘿，乞衣伍個女係我搵人搞，吹咩？」

我：「點解！點解你可以咁陰質?!」

積：「因為我睇你唔順眼，係你害死佢㗎咋！」

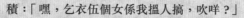

我：「點解要搞人個女！點解！」

積：「啲老職都係俾我收買埋，你咬我食？」

我：「你個仆街！你個仆街！」

積：「嘿嘿嘿，冧我吖！」

我：「我要你殺人填命！」

嘭！

嘭！嘭！

嘭！嘭！嘭！

積：「喂，收嗲啦！」

我：「吓？」（為何突然轉了調）

積：「好撚嘈呀你！」

我：「吓……」

･･･････････････

･･････････････

･･････････

………

……

嘭！

呃！

原來是做夢。

呼⋯⋯我驚醒了，這個可真是個噩夢⋯⋯五時多，看看外面，還是漆黑一片，連鳥兒都未醒來吱吱叫。入冬後雖然未冷，但天色很遲才亮起，感覺很死氣沉沉。

剛才的巨響是樓下的鄰居用力向上踢我床板的聲音⋯⋯大概是我發開口夢⋯看看阿積那邊，沒有動靜，遠遠看到他床尾露出一對腳板。

我一直認為伍仔的死並不是巧合，他女兒的事不會是意外，是有人下姦殺令。然後我想來想去也想不通為何要對付一個手無縛雞之力的人，唯一的解釋，就是伍仔跟我算得上最熟，於是，討厭我的阿積就要對付他，藉著他令我難過⋯⋯

【禪修】
160日前

　　但真有如此嚴重嗎？我跟阿積只是小學雞齊打架，根本用不著殺人⋯⋯況且，現在阿積的勢力已快要比司徒還要大，我只是一個自成一角的小堡壘。

　　我有跟司徒談過伍仔的事情，司徒叫我別再執著，人死不能復生，節哀順變⋯⋯或許因為他快要出冊，本著多一事不如少一事而變得愈來愈怕事，他已不多想理會倉內的鬥爭，只想找個接班人然後慢慢退去，出冊。

　　阿積愈座愈大，根本有他在，字頭選哪個人坐館也是一樣，我曾經想過，如果我要媽媽開水喉每月多劃我一倍飛，能否跟他抗衡？不，不能，因為我本來就不是那種性格，我的膽沒他大，心也沒他狠，就見足球賽中，他能毫不猶疑地把球射向我老二就知他有多狂，而且我不夠他強壯，背景也不夠他雄厚，聽說他的舅父就是冧把的話事人⋯⋯一比之下，我算什麼？我只是個孱弱的四眼仔⋯⋯

　　我也有為他對我不斷的欺負而感到生氣，但無奈不夠他鬥，有時選擇繞路避開跟他直碰面；他賭錢我看書、他吃二等餐我吃三等、連急屎要衝進扇把擺堆，見他在落 Night 也選擇死忍

到他完成後才衝進去核爆……他的欺壓，我選擇逃避，我不想生
事，我只想早日出冊，做回我的二世祖。

這十個月多，倉內跟我混得熟的除了已故的伍仔，還有達
叔。達叔為人低調正氣，說話語重深長，從來不提及自己的
事，只向人說道理，聽說他十九歲就被關進來，打了十多年J，想
起都為他感到難過。

我們是因為坐在同一飯桌而認識，時至今日我還很感謝他第
一天送我的兩支煙，當我富起來時，我每月也會多贈他半件，平
日食人餐也會跟他分享，他是我在這裡的恩師，實在想不到竟然
會在監獄遇上一位良師益友。他有一句口頭禪：「所謂退一步海
闊天空，將將就就又一簡啦！」我雖然沒有他的胸襟，還是會在
他身上學到一點，要不，我早闖禍了。

在獄中，真是很需要耐性和EQ。

耐性是，被關著已夠可憐，日日如是的公式生活叫人難
受，不少人也被這種了無生氣的生活逼瘋，一天兩天還可以，試
想當你知道自己未來十年也要關在這裡，那種感覺比任何人和事

【禪修】
160日前

都更要絕望，但達叔説，只要一天知道自己能出去，每一天都要努力。是很勵志，但要知道達叔大大話話已被關了十多年，我想他連什麼叫智能手機都不知道，還停留在摩托羅拉的龜殼、愛立信768的年代。不知一天當他見到iPhone時會否崩潰？他不多看監獄播放的電視，就拿著佛偈書念讀，每天讀上好幾遍，到底他何時會得道？

EQ是，獄裡的人三山五嶽，不少並非等閒之輩臥虎藏龍，你是不能夠憑外表分得清誰是Cat A（殺人犯）和 Cat B（暴力傾向），因為殺人犯通常都很友善⋯⋯

達叔常叫我低調低調，我也認為自己作為大戶來説，已算得上低調，但他要求我做回普通老襯就萬萬不能，一想到那些像尿一樣的肥仔奶，喝一兩杯進肚立即爆瘡便秘就無法忍受。他説，這是最安全的生活，人們知你老襯，會有心為難，但要是按捺得住，將將就就又一簡。

例如阿積咬著餅走過來，然後發出「呼」、「發」、「飛」的音，噴到我一身餅碎，我是生氣極了，生氣不是為餅碎，而是他的小學雞行為，達叔會叫我這樣想：「嬲嘅唔應該係你，係佢爸

爸媽媽。」

　　例如阿積靜靜收買了負責定期剪髮的同倉，到我剪髮時，明明付了小費叫他給我剪陳冠希裝，他竟然把我剃光頭，我看鏡子後大怒，問道：「喂！畀咗Tips你都剪成咁，係咪當我老襯呀！」阿積就突然跳出來大嚷：「只怪你畀得唔夠我多囉龜頭魚！而家真係成個龜頭咁喇Yeah！」

　　達叔用力捉著我手臂說：「魚仔，光頭好吖！呢度又無女，咁型咪盞多事！」

　　積：「吖！你個黑咀達，成日都阻住我哋談情㗎喎！」

　　達：「疏你呀積哥，大家住埋同一間屋，咪大家就吓大家囉，相嗌唔好口嘛！」

　　積：「吖！你個咀成條魷魚咁，係咪唔覺意BBQ時燒燶咗？」

　　我：「喂！肥積你……」

　　達：「積哥，無咩嘢我拉埋魚仔返過去先，多謝積哥幫魚仔揀咗個靚頭！」

　　積：「哈哈哈哈哈哈，龜頭魚！龜頭魚！龜！頭！魚！鬼鬼鼠鼠偷番薯！」

【禪修】
160日前

達：「同達叔一齊返過去。」

我：「……」

　　我知阿積很想把我激怒，然後跟他打起來，但每次達叔也會及時制止，他說在監倉內打架後果嚴重，輕則打入天山吃水房飯，重則加監，還有一個叫68B的刑罰，他說一定比當下的小小不順心難受一百倍。

　　阿積是個瘋子，但蠻算得上是個有腦的瘋子，達叔經常說一切都只是一念之間，換個角度，轉個想法，什麼都變得不一樣，眼前的人和事，過了那刻以後就只是過眼雲煙，想回頭小事一則，他每天也分享不同的日常生活例子，藉此希望把我感化。

　　例如我吃的貴價人餐，味道是比普通的好，但一口一口吃進肚後，味道就沒了，那為何要為那十五分鐘花這麼多錢？

　　例如我們排隊時有一點碰撞，為面子各執一詞至口角或衝突，其實只是瑣碎的事，只要甲方先忍讓就已經小事化無，要是甲方先出口，乙方只要抱著寬敞的胸襟，為這小事「豪」一個耍冧，事情根本如塵一樣小，善心甚至能令對方產生正面影響，以

後大家更寬容一點。

例如晚上聚賭時視對家為仇人一樣狠毒，為氣勢又好，運氣又好而出盡攻擊性詞彙，但當大燈關掉以後，大家又變回老同，剛才互相問候高堂的說話卻像潑出去的水一般收不回，共處一室猶如家人一樣朝見口晚見面，何以要如此互相殘殺導致往後日子面阻阻？

達叔就如寺廟裡的高僧一樣禪意，任何事都看破，世上所有人都有善良一面……達叔唯一跟僧人不同的，是間中還會落 night，照他解釋，落 night 並非一刻歡娛，只是怕夢遺弄至一褲精液。對，達叔就是我說過那個打足十幾二十年飛機的出家人……

最記得一次，我讀到媽媽寄來的一封信，說公司有一點瑣碎煩事，令爸爸心情不佳。話說他跟幾個董事有分歧，還鬧上公證行，或許會分家，那幾位董事都是公司要員，他們要是同一時間離開，公司定當會有巨變，內外必然動盪，員工和客人都走的走，到時情況實在不堪設想。我抓著頭愁情滿腸，為何要在我打算改過自新的時候才發生這種事情？上天是否就要我從此以後一

【禪修】
160日前

沉不起？我的運氣是否快要用完？這時候，達叔走過來拍一拍我肩膀，了解事情後，就問了我一個奇怪的問題……

達：「你瞓覺嗰陣，左手係放喺被內定被外？」

我一時間實在答不出來，縱使出盡力回想昨晚、前昨、大前晚的睡姿，還是無法記起左手的位置……感覺就如你唱起一首歌但忘了歌名是什麼名字，花光力去想也想不出來的「囉囉攣」。

於是，晚上我特意留意自己的左手，看他會放在被毯裡面還是外面。但問題來了，因為我太留意左手的動向，無論放在裡面或外面，感覺都太刻意，那種習慣一時間無法自然起來，弄得整晚心緒不靈，輾轉反側……第二朝早上，達叔問我有了答案沒有，我說沒有，還害得失眠了。他說，我們根本無法清楚自己的生理反應和習慣，要特意記起和留意就是庸人自擾，像人生一樣，從容一點面對人生的事，寵辱不驚，去留無意，一切順其自然，心靜了，事情也會靜下來。

我說我還未夠修行，他說我會學懂。然後，真好像放下了一點公司的事，想一想，就算公司沒了，也沒大不了，反正我們就

24

不會因此而破產，反正爸爸不時嚷著要退休⋯⋯

　　達叔的確是個賢者，我從他身上學懂不少情緒控制的能力，他說，情緒控制並不是純粹的抑壓，忍辱負重也並不健康，要學習面對逆境時放下固有想法和枷鎖，了解和包容才是EQ的真締，學習多角度思考模式，成為了習慣以後，凡事就能換個新角度去看，然後就會發現不好的事情其實並不如我們最初想的壞。

　　因為達叔的循循善誘，我的心境的確平靜了許多，我認真感受到自己的成長，而非純粹軀殼的長大。你覺得，一個人是犯了多大的罪，才能有這樣大的覺悟？

　　這個下午，我在期數看書時，B仔榮托著被鋪走過來找我，
榮：「魚哥，魚哥⋯⋯」
我：「點呀B仔全，我無煙喇⋯⋯」
榮：「唔係呀⋯⋯我專登過嚟話你知有單突發⋯」
我：「北韓終於發動核武佔領地球？」
榮：「達叔食完飯喺B樓碌咗落樓梯⋯⋯」
我：「吓!? 咁⋯⋯咁佢點呀？」

【禪修】
160日前

榮：「撞親個頭，送咗入廠，依家call緊車要送出去搞……」

我：「點解會咁㗎！」

榮：「唔……唔知呀……」

不要有事不要有事不要有事……

　　得知這消息，心突然像離開了胸口，腦海一片空白，只有「不要有事」這四個字，不停重複又重複……為何會這樣……達叔雖然看上去已經四十多五十歲，但還身壯力健，怎會像獨居老人般跌落樓梯？怎會……怎會……達叔是個一等一的好人，他不應有如此遭遇……達叔是上木工期數……阿積好像也是……難道……難道是阿積？伍仔剛離開不久，現在又到達叔，整件事情不是太巧合嗎？

　　是他！一定是阿積這個沒屁眼的賤人！

　　這刻我已失去一切情緒控制力，也掉光了之前學過的思考模式，現在想到的，就是一定要把這個人碎屍萬段！憤怒湧上大腦，眼前只有一個方向，就是木工屋，我趁叉燒運過來的時候衝出門，快步衝下十幾級鐵梯後往木工屋方向跑過去，我聽到後面追兵的哨子聲，但憤怒早已蓋過一切理智，現在只有仇狠和憂

278

A WORLD IN AN IRON GRILLE

24

傷，我要把他兩粒睪丸一腳踏到爆開！

PRISON

★	★	01
06	07	08
13	14	15
20	21	22
27	28	29

【水房飯】
159日前

　　破門而進，就見躺在窗邊午睡的他，人們都未及反應，我就在迅雷不及掩耳的高速下，一躍而起，向著他的大腿內側一下踩下去，「嘭」一聲，像汽球一樣爆開！半秒後，爆了蛋的胖子才驚醒過來痛得慘叫，他褲襠盡濕，滲出來的是血也是精，抱著蛋輾轉翻來覆去，苦不堪言，我憤怒地說：「呢腳係幫伍仔報仇！」繼而把他的褲一下脫掉，那條縮起來像一粒雞子般大小的小老二已沾滿血跡，我騎在他身上，一手執著那粒小雞子用力一扯，皮首先被撕破，然後連肉帶筋一拼斷開，鮮血立即噴出，四周的人都被我的瘋狂嚇得腳軟，連老職們都不敢踏前來，被扯斷老二的阿積發狂地叫，我竟然有一絲興奮，拿著那粒紅豆般的雞子笑起來……

　　這是我一邊跑，腦海一邊充滿著的畫面，由洗衣屋到木工屋距離大概二百米，這可是我生平裡跑得最快的一次，後面幾個吹著哨子追的柳記根本追不上來，我猛力的跑，前面就是木工房，我準備好了！

　　跑上數級樓梯，破門而進，我以零點一秒時間環顧四周，搜尋窗口和那胖子的蹤影，殊不知在第零點二秒，我便聽到「嘭」一聲，然後一下猛烈震蕩……眼前一黑，繼而腳就失控地軟起

來，頭顱重得像六十磅的啞鈴，最後站不住腳跌在地上⋯⋯迷濛間，聽到阿積得戚的聲音：「喂阿蛇，我幫你捉到逃犯喇！有無得減刑先！」

為⋯⋯為何⋯⋯

鬼：「係咪想逃獄？」

我：「唔係⋯⋯」

鬼：「唔係又走？」

我：「我唔係想逃走⋯⋯」

鬼：「咁你做乜要逃走？」

我：「都話唔係逃走⋯」

鬼：「咁係乜？」

我：「我⋯⋯我⋯⋯我去⋯⋯我去搵人！」

鬼：「搵邊個？」

我：「唔⋯⋯搵⋯⋯搵⋯⋯達⋯⋯達叔⋯⋯」

鬼：「你又知佢仆親？」

我：「呃⋯⋯係⋯⋯係呀⋯⋯」

鬼：「邊個話你知？」

我：「唔好啦阿Sir，做保馬好大鑊㗎⋯⋯」

【水房飯】
159日前

鬼：「你估阿Sir唔知係B仔報串？」

我：「唔……」

鬼：「你想去木工房點解唔舉爬？」

我：「呃……急……急嘛！」

鬼：「咁即係逃走啦！」

我：「都話唔係逃走咯……我……我個老友有事，正常都會
　　　衝過去……」

鬼：「所以你就去衝咗過去？你當呢度係自己屋企呀？」

我：「唔……唔係呀……一……一時衝動咋Sir，俾……俾
　　　次……俾次機會……」

鬼：「做乜講嘢窒吓窒吓？」

我：「吓……阿……阿Sir你太有霸氣嘛……」

鬼：「今日你就話去木工房搵老友，你聽日唔好話去印度探
　　　親？」

我：「保證無下次，阿Sir對唔住。」

鬼：「好地地仲有兩個月就出冊就唔好搞咁多嘢啦！」

我：「對唔住……你……你都知我同達叔情同手足……」

鬼：「對唔住？我放生你，聽日個個咪同阿Sir 100米賽跑？」

我：「對唔住阿Sir，畀次機會……」

A WORLD IN AN IRON GRILLE

鬼：「你知唔知逃獄有幾嚴重？」

我：「阿Sir我唔係逃獄呀……」

鬼：「上去執埋啲嘢調去水房。」

我：「唔好啦阿Sir……」

鬼：「咁係咪想加監？」

我：「……」

鬼：「今次我就當你神智不清，啪返一個月藥再睇情況。」

我：「一……一個月？」

鬼：「點呀？你逃獄喎？正常應該加監。」

我：「我入水房之前，可唔可以探一探達叔先？」

鬼：「你話呢？」

我：「可以。」

鬼：「你而家就由呢度跑出去，門口有個巴士站。」

我：「阿Sir，至少話我知達叔依家咩情況……」

鬼：「出去。」

　　醒來後被鎖上手扣，押到鬼王辦公室，經一番「洽商」後，被打進天山。我有為自己的急才感到驚喜，要是照直說是去爆蛋的話，相信刑罰不止這個程度。心裡的怒火被鬼王的霸氣完全壓制，在他的辦公室內，爆蛋的力氣盡消。離開他的房間，我

【水房飯】
159日前

先回倉，大家還在期數，只有兩個老職看著我拿回自己在儲物架的物品，倒進包頭袋後，就被押到水房。

九曲十三彎，走過平日沒經過的路，穿過一條頗狹窄的走廊，便到「隔離囚禁室」，這就是俗稱「水房」的地方，我們形容犯事而囚禁在水房這件事為「坐天山」，就像武俠小説裡面的人閉關修煉一樣，跟四幅牆為伍，什麼都沒有……

踏進水房，有一間大約五十呎大的辦公室，裡面只有一張工作桌、一張木椅、一本紅黑記事簿、一個筆插筒、一個雪櫃和一把風扇，連電腦都沒有，像看更亭多過辦公室。

大倉老職把我的檔案遞給水房老職，水房老職把我的資料慢慢，慢慢，慢慢的抄寫在紅黑簿上……

大：「而家有幾件？」

水：「三件，兩件十日，一件七日。」

大：「呢個叻仔嚟，一個月，68B。」

水：「哦……乜咁嚴重呀？得罪咗阿一呀？」

大：「仲大鑊過得罪阿一，呢位英雄想逃獄！」

水：「嘩，年輕人，你想俾人亂槍掃射嘛？」

我：「吓……都話唔係逃獄咯……」

大：「鬼王都算仁慈，一個月咪算少囉！」

水：「係呀，之前有個困咗半年，出返嚟嗰陣成日自言自語。」

大：「水房先最多人自殺。」

我：「嘩……唔係呀嘛……」

水：「喺度簽個名。」

我：「哦……」

水：「噂，依家循例都要同你講68B要點做。」

我：「哦……」

水：「頭21日，你所有嘢都唔準帶入去。」

我：「牙膏都唔得？」

水：「入面有。」

我：「書呢？」

水：「唔可以，你啲個人物品會Keep喺呢度，直至21日後先畀返你。」

我：「哦……」

【水房飯】
159日前

水：「21日後，會循例檢查吓。」

我：「吓？又通!?」

水：「唔係，係檢查吓個倉，檢查你啲個人物品有無違禁品。」

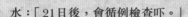

我：「其實你隨時都可以打開嚟Check㗎啦⋯⋯」

水：「規矩係咁。」

我：「咁有咩唔准帶？」

水：「你覺得呢？」

我：「無呀⋯⋯」

水：「水房係全面禁煙嘅。」

我：「吓⋯⋯」

水：「21日後再講。」

我：「我想知達叔佢點⋯⋯」

水：「知道話你知。」

然後就開始品嚐這非凡的21日68B水房飯。

所謂68B，是一項監獄條例，大意是指「以完全隔離狀態」
囚禁，這二十一日，除了完全隔離、不能攜帶個人物品，還不准
探訪，沒有毛毯和軟枕，飯沒有任何配料、沒有煙沒有零吃、連

紙筆寫信都沒有，加上水房不設放風，再加68B，就是真真正正的動物園生活。

倉內有一張膠床、一張膠桌、膠椅、一個洗手盤、一塊鏡子和一個踎廁。生活規律像大倉一樣早上六時半開大燈，水房老職會敲閘把我叫醒，刷牙洗臉後呆呆坐在床等早餐，68B期間，早餐只有水喉味開水白粥，連油條都欠奉，花一分鐘時間把一碗沾滿水喉腥味的粥水倒進口以後，就等B仔來收東西，之後老職會在儲物櫃搬出一大疊紙，每張早已印有虛紙和摺口，是信封來的；平日每天要上的期數，會由摺信封代替。

頭一兩天也花了力氣像工廠仔般摺呀摺，怕達不到數又會有更差的待遇，及後我才發現摺與不摺其實是沒關係，老職純粹執行派信封的責任，並沒有職務盤點數目。於是第三天開始，我一開始摺十個八個後便回床上躺下，才不管任何事。午餐、晚餐也是一碟像餵狗般的淨白飯，除了白飯，就只有白開水，就是這樣，也只有這樣。

晚上八時半關大燈，我的倉沒有窗口，大燈關上後漆黑一片，只有斜對面一個有窗口的囚室泛出一點點星光。漆黑一片的

【水房飯】
159日前

時候，我會想起現在身處的，是監獄中的監獄，被關在監獄，除了被關在鐵窗內，想回頭其實也不算太差，起碼還能看得見太陽。

水記是日月無光，鐵窗中的鐵閘，一絲天空也無法看到，別說達叔的情況，連時間也無法得知，68B期間，連探訪都被禁止，是真真正正的與世隔絕。

由朝早開始，生活就百無聊籟，坐在床邊眼光光看著一個沒焦點的牆角發呆直至吃飯，飯後繼續發呆到下一餐，完成這餐後等一會，老職會打開門帶我到轉角位的浴室過水。水房的浴室只有冷水供應，我被關進去時剛剛入冬，實在「凍」不欲生……過水後又回房發呆直到最後一餐，吃過後再呆到關大燈，睡覺。

B仔三天來一次給我換上乾淨的衣服，我會趁這時間問他外面的情況怎樣，有沒有達叔消息，等了又等也沒有一個好答案，三天就來一個：「未呀……我哋都唔知。」

沒法自主做自己想做的事，是在獄中最難過的事。我多想參加伍仔的喪禮，因為我知我不去，靈堂又少一個座上客。多想到

醫院探望達叔，伴在床邊，支持這位良師益友……多想找個外面的人替我傳話，告訴媽媽我一切安好，我知她一定已經擔心得失魂落魄。多想抽根煙，把一切都暫時忘記，又或許苦困能隨著煙霧吐出來……

　　沒有煙抽的日子，時間特別難過，日子特別難捱，世界特別憂傷，心情特別低落……沒有煙抽的日子，我想起凌美瑤，一切也變成往事只能回味，想起：

　　沒有煙抽的日子，我總不在她身旁。
　　我知她的心裡一直，以我為唯一的，唯一的，一份希望……
　　但天黑了，路無法延續到黎明，
　　她的思念一條條鋪在，那個灰色小鎮的街頭
　　我們似乎不太習慣，沒有藍色的鴿子飛翔，啊……

　　手裡沒有煙那就劃一根火柴吧去抽，你的無奈…
　　去抽那永遠無法再來的，一縷雨絲哦……
　　手裡沒有煙那就劃一根火柴吧去抽，你的無奈…
　　去抽那永遠無法再來的，一縷雨絲哦……
　　手裡沒有煙那就劃一根火柴吧去抽，你的無奈…

【水房飯】
159日前

去抽那永遠無法再來的，一縷雨絲哦⋯⋯

手裡沒有煙那就劃一根火柴吧去抽，你的無奈⋯

去抽那永遠無法再來的，一縷雨絲哦⋯⋯

手裡沒有煙那就劃一根火柴吧去抽，你的無奈⋯

去抽那永遠無法再來的，一縷雨絲哦⋯⋯

在我想起了妳以後，又沒有煙抽的日子⋯⋯。

水房老職其實跟我一樣坐著天山，只是他在外面坐，我在裡面坐，極其量他能抽著煙玩 Candy Crush，而我就玩 Finger Crush。這二十一天，是真有一絲被人逼瘋的感覺。

頭十天最難捱，每天每一分鐘也像一年般長，煙癮起時更難過，會冒汗、手震、唾沫大量分泌至口乾、胃痛⋯⋯躺下來看著頭頂兩條光亮亮的管燈，睡又睡不進，想又想不通，發呆時間比有知覺時間多出太多。終於明白之前為何會有人吃水房飯吃到精神崩潰。平日在香港的都市生活，只消三十秒閒置，我也會拿出手機查閱 Whatsapp，超過一分鐘會上 Facebook 更新朋友狀況，超過三分鐘會開 Puzzle & Dragons 出來扭扭轉轉⋯⋯想不到現在竟然身處虛空，一念無明，比任何一件事都更要折墮。

A WORLD IN AN IRON GRILLE

最初，是會趁這段難得的空白時間思考，但空閒時間實在完
全超出我預期的多，就如你終能百忙中抽空到澳門的桑拿浴耍
樂，最初很快便能在眼前一百位桑拿小姐中選一個來操，第一個
操得特別有心機，推車坐蓮打樁機樣樣出齊，操完出大廳小休一
會再選再操，今次推一點車坐一個蓮就完事，操完出房開始疲
軟，但還有九十八位等著你再操，再選再操，再選再操，開始
膩，覺得做愛只是一種抽抽插插，不停重複和重複機械式的動
作⋯⋯然後做愛只變成一件勞動的事，不再有趣，直至睪丸把精
子重新製造出來，性慾再重燃之後。

在這裡，桑拿小姐就是時間，精子就是思考，過了三天朝六
晚九完全空白的禁錮生活後，已不只是納悶般簡單，我害怕思
考，害怕轉動腦筋，莫說新念頭，連意識也無法擠出來，直到第
十一天，好像開始習慣這種無意識的生活狀態，當時不知為
何，時間真好像容易過了，呆呆看著鐵閘上的油漆紋理也能看上
一小時，數著手背的體毛能數一個下午，左手指公踎右手指
尾，食指碰無名指，循環的做，能做一整天。現在回想起，其實
那或許是入門級的痴線，因為痴線佬才會如此。

終於，二十一天過了，我捱過68B，可以拿回自己的包

【水房飯】
159日前

頭。眼光光二十一天後，整個世界好像快要變成平面，看到包頭裡面的書、零食、飲品和煙，Load了一會，焦點突然回復過來，世間的人和事好像變回立體，畫面變回清晰，我也好像變回正常，起碼從新結識了時間的長短。

拿著包頭，老職説待會要來檢查，其實這個程序是很奇怪的，為何不進去前檢查……之後才明白，這是關於一種水房裡的「人情味」，因為條例寫明水房全面禁煙，但你醒目一點拿包頭回倉，然後快快手把煙藏好，老職會過來例行檢查一下，再問一句：「真係無違禁品吖嘛？」你點頭後他就會走，為的，是保障他們，他問，你點頭即是威了，口頭威了也算雙方達成協議。要是阿一或鬼王突擊巡查，而你剛剛抽著煙又不醒目斷個正著的話，老職能理直氣壯把責任推到你身上，而不是他偏私。當然，這些年都未發生過如此老尷的情況，要不，這人情味早就玩完。

我把十一包煙藏在床和軟墊中間，我知老職其實知道，但就是沒有特意檢查。

水：「好好哋喺度多九日喇！」

我：「阿Sir我……我有個要求！」

水：「咩要求？」

我：「我想知達叔點呀……」

水：「我都唔知喎，好似話送咗出去咗嘛。」

我：「可唔可以幫我間間大倉啲阿Sir呀？」

水：「見到問啦！」

我：「唔該阿Sir……」

　　這九天的水記生活好像比之前好，起碼有書看，有零食吃，信封照舊不用摺，飯菜變回正常，起碼有菜有肉，之前連一口肉也沒有，連扯旗的氣力都不夠。看看書、做做掌上壓、吃吃零食，再看看書、打個 J、再做做掌上壓，看看書……就是不能小睡，因為只要小睡片刻，晚上就睡不進了，夜裡翻來覆去是在水記最難過的事。

　　夜長夢多，睡不進的黑夜特別長，想起的往事特別多，要感嘆的事也特別多，例如我應該好好讀書，做一個博學多才的富二代而不是一個不學無術的二世祖；例如我應該到外面闖闖而不應留在爸爸公司好逸惡勞，虛度光陰；例如我應該抽多一點時間在家，人愈大，爸媽愈老，相見的時間就愈少；例如我應該把花天

【水房飯】
159日前

酒地的錢放在有意義的事，做一點小生意又好，搞慈善又好；例如我應該珍惜凌美瑤，縱使我知道自己是沒辦法按捺好色的本性……然後，我再想起這十個月間，寫了無數之多的信件，但寫來寫去都是寄給媽媽、凌美瑤，還有一封給爸爸，一封給曾包養過的嫩模，上款就只出現過這幾位人物，才發現原來自己沒有什麼朋友，起碼沒有朋友來探望我，甚至不知道我入獄了。

坐監之所以難過，是因為人當十八歲後本應能擁有自由意志去做自己要做的事，但當被打進牢房，我們一切的自由都被收回，被監管，被限制，我們連想喝一杯白開水也要申請，曬一個太陽也要輪候，連看電視都被安排而沒有任何個人意願。最重要，是我是多麼想探望跌傷了的達叔，那種身不由己比禁錮毒打更痛苦，只要晚上一睡不進，回憶就在腦袋氾濫傾瀉，愈是想，時間愈慢，這種折磨難過得要哭，要是有安眠藥在口袋裡，我一定會服食過量，好讓我能一睡不起直至出獄那天……

水記生活突然多了包頭裡面的東西，精神竟然是有點分裂，玩了二十一天手指以為很辛苦，豈料現在有煙抽有飲有食有收音機聽反而更難過，傷春悲秋情緒更是低落，看到什麼都很失落，看到十多包香煙令我知道何謂有錢無地方使、吃到一塊塊油

蔥餅令我想起獨食難肥的孤獨滋味、讀到一本本書令我想起美瑤的用心良苦以至她對我的無極限失望，美瑤……我又哭了。

老職一天會來巡視十數次，每次只是用十秒時間來回兜一個圈，就算抽著煙也不用刻意迴避，因為他巡視的主要目的是防止有人自殺。

我也明白為何有人在水房自殺，不是純粹因為沉悶乏味，而是被過去的罪孽所折磨，水房的黑夜是特別黑、特別靜、特別冷、特別孤單，而令人感到特別寂寞，寂寞讓人想法特別負面，負面讓人的情緒特別低落，低落時我們都會因為過去而感到內疚，內疚是一種很可怕的東西，它令人討厭自己，從而失去活著的興趣，二十一日的68B時間是長，但沒有令我感到內疚，因為那時期像沒有生命的存在，讓我沒有太多思考，像活死人一樣就呆過了。

但68B後，拿回日常用品後，意志力回復，走回現實世界的邊緣便想回世界的事情，從而也勾起我的過去、現在與及未來，過去我馬馬虎虎過了，沒有任何生產力之下，仍然得到別人窮進一生也無法得到的人和事、現在犯事入獄了，我帶著種種罪

【水房飯】
159日前

孽來到這裡，想起有兩位女生就曾為我貪一時 J 爽被真性中出，之後跑去墮胎……想起我從英國被遣返回港，飛機上一直鎖緊眉頭的爸爸有多失望……想起法庭上的媽媽，樣子有多憂心焦慮，判罪後她差不多昏過來……想起美瑤最後一次前來探望，落魄的她欲言又止的無奈……我被這些畫面不斷侵襲、沖擊，直至真有一刻想把自己了結，好讓這地方少一件廢物……

當然，我放棄不了。

雖然當下是萬般的難過，明明有零吃有書看有煙抽，時間就是慢得不得了，一日等於外頭一年。又不是要練功，又不是要禪修，在這間幾十呎小房間卻有無比的壓迫感。但我知道，這不是純粹懲治我的一時之氣，而是我一直以來的罪孽，一直的不忠、不義、自私與傲慢，辜負上天給我這輩子的優待，辜負父母對我的期望，這三十天是一種贖罪，我深信只要捱得過這三十天，一切便能重新開始。像耶穌釘十架一樣，釘蓋幾天後就能復活，然後升天，回到自己的極樂天國。然後我又明白多一件事：「為何這麼多人入獄後會信教。」

在水記，失眠情況比在大倉多，或許是因為缺乏運動，體內

的能量無從宣洩，就算我每天也會做上百多下掌上壓，始終沒有多少空間給我伸展，一個小得如廁所的空間連路也沒得走多步，就像你的手機一整天連燈也沒有亮過，早上充電後，晚上仍然滿電，我的身體跟你的手機一樣，連Whatsapp都沒有打開過，電池能花到哪裡？

我會打J，一天總有一兩個時候執著老二，閉上眼幻想一下，很奇怪，幻想對象不是婀娜多姿的嘅模或童顏巨乳的AV女優，而是美瑤。我想她，想她纖瘦的身形、想她白裡透紅滑不溜手的皮膚、想起她那處稀疏細小的草叢，想起她微微隆起的貧乳，與及可遇不可求的小小粉紅乳頭。這九天或許是我人生裡以她作性幻想對象的次數最多，她不是一個稱職的性伴侶，回憶中的場面都不美妙，但她還是我腦海裡的A片女主角，因為那些飛機，是關於純粹的愛⋯⋯

但一天打兩次，第三天已打不出來，往後日子空打不出精，空轉人生實在很傷。第六天，皮膚已經被我打傷了，紅紅腫腫，整條J像曬傷了般香腸，蹭到內褲都腫痛起來⋯⋯

收音機一天到晚都開著，由晴朗的一天出發、早霸王到凌晨

【水房飯】
159日前

時份的一次從音樂開始，它是我的良伴，也是我唯一的伴侶，我們沒有電視看，就算在大倉，電視都只是老職給我們錄影的劇集，齊齊被無線洗腦而已，唯一收音機讓我真正得知外面的事情，林海峰讓我得知今日天下事，森美讓我得悉當下潮流，但有duck就有suck，得到新資訊，就失去更多的尊嚴，愈更新外面世界，愈發現自己的落後，例如我無法明白和感受G-Dragon令整個香港淪陷的偉大場面，無法分得清BigBang跟以前的Backstreet Boys有何分別。

只是短短一年，就感到自己已經錯過了一萬樣東西，就如你去外遊幾天沒有上Facebook，回來後打開New feed已面目全非，香港的節奏實在太快，快得連站住腳思考的時間都沒有，所以近年才腦殘輩出……

這一節夠冗長了嗎？這確確實實就是我在水記的體驗和感受。Anyway，我捱過了，離開水記門那刻，我相信今後不會再有任何事情難得到我。

A WORLD IN AN IRON GRILLE

25

PRISON

★	★	01
06	07	08
13	14	15
20	21	22
27	28	29

120日前

【過界】

親愛的媽媽：

近來好嗎？前陣子因為出了一點小意外，我去了隔離
囚室，所以沒法與您會面，這裡是有一點悶，除此之外也
還好，不用擔心，就像中學時因為一時貪玩而被罰留堂而
已，並沒有什麼大意外，也相信當您接到這封信時，我已
離開了這裡。

計一計算，還有一個月我就出來了，對我來說這年倒
是相當的漫長，由中學後都沒有想過我還有機會寫這麼多
字，屈指一算我在這裡已寫了不下十多封信給您，練得我
的字都好像英俊了一點。

媽媽，我感到自己在這裡確實想通了不少，起碼開始
了解親情是如何的珍貴。失了自由以後，我才知道媽媽您
從前是如何的寵愛我。我決定外出後要去學一點廚藝，然
後每星期煮最拿手的跟您分享。

媽媽我知您會擔心，您會因為我的過錯難過，但今後
我會努力做人，不讓您再感到失望。

下一次探訪時再談。

日辰

A WORLD IN AN IRON GRILLE

　　原來，被打進水記後，出來就會自動過冊，不會再回到舊倉。我被送到細倉，一個以ON為多的細倉，真巧。細倉大約三十人，以越南人和印度人居多，約有十二個印度人，像耶穌的十二門徒，喜以群體生活，有幾個能操流利廣東話，大部份都是因為偷竊和搶劫進來，但蠻有善，至少會跟我分享他們的咖哩羊肉。而越南人比較獨立，他們六個也不共同活動，不會聊天，各自各生活。其餘的，有三個II，即內地人，其餘是貴支。

　　細倉由冧把管，即之前救了阿積一條狗命的野狼哥。

　　野狼哥這個名字實在霸氣盡現，以為會是那種金牌打手滿身肌肉刀疤戰績，見到他真身時，我心裡真的「嘰」一聲笑了出來，原來是個一米五多的小個子。沒有結實的肌肉、沒有黝黑的膚色、沒有粗豪的聲線，更也沒有霸氣的長相，野狼哥像一個小嘍囉多於字頭老總，我想起食神裡面，吃了瀨尿魚蛋説大隻了的那位演員。更意料之外的，是野狼狗比司徒更平易近人……

　　野：「喂老同，收到風你係水記放出嚟喫喎！好嘢吖，捱到
　　　　出嚟已經係好漢！」
　　我：「哎……以後都要多多關照喇野狼大哥……」

【過界】
120日前

野：「唉入得嚟細倉，就將大倉啲嘢抹晒佢！呢度無呢啲
　　　嘢！大家都係自己人！」

我：「呃……係……係嘅……係呢野狼哥，呢度係咪都要交
　　　數？」

野：「唉數呢啲嘢……交就要交嘅……不過隨心啦，牌頭嚟
　　　嘅啫！」

我：「咁……」

野：「係喎老同，你點稱呼呀？」

我：「我……叫我魚仔吖！咁野狼哥，我其實仲有一隻就出
　　　冊，係咪唔使交數？」

野：「一隻即係好快就完喇喎！」

我：「係呀！」

野：「咁你都應該食唔晒㗎啦！」

我：「唔係㗎，我都好大煙癮㗎……」

野：「唉喂魚仔，有無試過用紅酒木塞戒煙呀？」

我：「哦？係點㗎？」

野：「問啲老職攞個酒塞，然後含住，啲紅酒混埋木味，真
　　　係止到癮㗎！」

我：「咁神奇？咁咬住個木塞咪唔使食煙？」

野：「係㗎！」

．

我：「但我都想用煙買人餐同叫人幫我上期數……」

野：「期數呢啲好死嘅啫……我幫你同啲老職講編你去啲爽皮位咪得囉！」

我：「但係我真係無乜煙喇……仲有一個月，唔劃飛喇……」

野：「唉你有嘅，食少啲人都健康啲！」

我：「咁即係要交數？」

野：「隨心啦隨心啦……」

我：「班十二門徒交唔交數㗎？」

野：「呃……我哋……我哋字頭講明唔收ON�波。」

我：「咁……咪對貴支好唔公平？」

野：「唉呀，呢個世界邊有得咁公平㗎！女人都唔可以企喺度痾尿啦哈哈哈哈！」

我：「咁我要畀幾多呀？」

野：「隨心啦隨心啦！」

我：「咁我畀兩支。」

野：「唉呀不如一齊戒煙，身體又健康啲，精神又好啲吖！」

我：「野狼哥你真係慈悲為懷……」

堂堂冧把字頭的老總野狼哥不能像司徒般在大倉的豐收，首先，某些原因之下，ON不用交數，剩下來純靠期數賺煙的越南

【過界】
120日前

幫和II更是貧窮線以下，野狼哥也不好意思收得太足，其他貴支也恃著野狼哥的慈愛而裝聾扮啞，很多時都走數，害得野狼哥每個月都像包租公四處請求同倉交租⋯⋯氣氛實在跟大倉完全不同。

但野狼哥的慈愛的確令倉內的人都打成一片，大倉的種族歧視，在這細倉沒有發生，野狼哥跟「十二門徒」相處融洽，從而令貴支也很接受他們，打破了種族界限之下，大家都相親相愛。他們經常聚在一起分享烹飪心得，雖然不能親自下廚交換製成品，但也聊得不亦樂乎。

我喜歡這裡多過大倉，人少少，簡單一點，氣氛也沒有之前緊張，人脈也沒之前複雜，沒有惡霸，也沒有富戶，人與人都比較平等，我沒有再用煙買鐘，早上自己摺被鋪、排隊刷牙洗臉如廁，早餐會如常吃鐵銹味白粥，是晚上會湊錢吃一點好的，我們會把人餐分享給十二門徒，他們亦會把印度餐如羊肉、薯仔分給我們，每天也像聖誕聯歡會。會如常上期數，我上的期數不再是洗衣，今次是除草，會乘豬籠車到外面，老職會分配我們五個五個一組在一個範圍內把雜草剪除。我很喜歡這個期數，因為能看到太陽，被悠悠的風輕吹臉龐，我感到自由離我不遠矣。

　　我們跟大倉的人接觸不多，大細倉距離遠、行街時間也不同，是用膳時間會一起，但相距位置也不近，我們在飯堂的最左邊，中間是另外兩間細倉，最右邊才是大倉，所以我以為能逃得過阿積的魔爪，安享我在監獄的晚年。

　　可惜事與願違，阿積實在太留意我，他留意到我已經放出來，還過了細倉……他像一頭豺狼對我總是虎視眈眈，早午晚膳也不時向我這邊盯過來，我被水記困得都燒光了火氣，不想再向這個涉嫌迫害伍仔、傷害達叔的壞蛋追究，但他卻咄咄逼人，由初時盯著我，到擦身而過時出言挑釁，到過冊後第七天，我在飯堂廚房門外跟同倉的人湊著煙支付晚餐時，阿積跟兩個跟班走到廚房門，很大聲地跟大廚說話。

　　積：「喂老耳，今日龜頭魚食乜？」
　　耳：「你理得人哋食乜啫！總之你嗰嘜就係好嘢嚟啦！」
　　積：「如果我高價收購埋佢碟嘢呢？」
　　耳：「唔好令我難做啦！」
　　積：「點會呀！五件半兩嘜你點睇？」
　　耳：「唉……積爺你咁樣唔啱規矩㗎喎……」
　　積：「龜頭魚魚嚟㗎嘛，啲魚喺碼頭食垃圾㗎咋！」

【過界】
120日前

耳：「積爺，唔好意思喇……你嗰啲嘜我會加足料㗎喇，返埋
位等等啦！」

積：「喂老耳，聽日我想飲啖魚湯，食完飯我同你一齊屙
佢！」

耳：「吓……」

積：「呃，係釣至啱！」

耳：「唉唔好玩我啦積哥！」

達：「魚仔，最緊要冷靜！」

我：「呢個人真係愈嚟愈離罩……」

達：「所謂退一步海闊天空，今天我，寒夜裡看雪飄過呀！」

　　我仿佛聽到達叔捉著我手臂勸道，但這一來不但沒有令我冷
靜下來，反而想起阿積的惡行，對，他就是推達叔落樓梯的罪魁
禍首！就是這個沒屁眼的179！

積：「喂龜頭魚，今日碌鳩短咗喎！」

達：「唔好理佢，無謂同啲傻嘅嘈吖！」

我：「……」

達：「啲老職會做嘢㗎啦！大家咁高咁大，無嘢㗎喝魚仔！」

我：「啲老職都俾佢出面啲人買通晒啦……」

達：「點會呀！佢咪同我哋一樣困響籠入面！」

我：「但係佢可以大搖大牌喺操場痾尿……」

達：「佢傻㗎嘛，啲老職費事理佢啫……」

達叔的聲音徐徐在耳邊細語，我已不知是他的精神長存，還是我精神分裂，但達叔已經不在我身邊，他是被這個山寨王陷害的！

積：「喂龜頭魚，你自言自語係咪游水游到鳩咗呀？」

我：「點撚樣呀肥撚，係咪想我同你開波呀？」

積：「同我開波？個龜頭細成咁就咪周圍掬啦！」

我：「點解你個戀鳩係都要踩過嚟？我都過咗界，你仲要咄咄逼人！」

積：「我踩過嚟？哈哈哈，龜頭魚你梗係食屎食到傻撚咗喇！」

我：「你可唔可以講嘢到Point少少？」

積：「我就係睇你唔順眼，屌咗個西都無撚用啦你！」

我：「你條戀鳩仔最好彈開，我唔想同你開波。」

積：「咩呀？你咬我食呀？」

【過界】
120日前

我：「我屌你老母吖！」

　　終於按捺不了，我執著手上的飯嘜一個勾拳打向他的臉頰，但竟然被他用手隔開了，繼而一下直腳踏到我肚臍把我踢飛，我跌在地上推翻一張飯桌，阿積推開飯桌追加攻勢，正打算向著我的老二踏下來之時，幸有一位印度同倉從後鎖著他背，我才及時爬起來，阿積一手把他推開，拿起桌上的飯嘜拋過來，我下意識迴避時，他的拳頭已經到達我面前……嘭！我的左臉頰被打飛了，眼前的景物由左至右迴旋，幸好能站住腳不至跌倒，但暈得一陣陣完全失去方向感，面才被打側，胃又被擊中，一陣嘔吐感直逼上腦，瞬間的痛楚還未消，「嘭」一聲，右邊臉再被擊中，失去方向感的左面變成右面，眼前只見飯堂的大燈和白色的天花板，畫面像死亡集作不停左右搖晃。一子錯，滿盤皆落索，這時候只想盡快倒地……投降……

　　再來下巴被「柯YOU極」擊中，我飛起了，眼前一黑，只能憑聽覺推想畫面……

　　聽到老職們不斷吹哨子，印度同倉和野狼哥衝來救駕，但大倉的人不斷阻攔細倉的人進入這個Fight Club區域，場面一片混

312

亂，老職趕到，但還未完全控制場面，人們還在你推我撞⋯⋯

「^%*%(%*&%)))^@)#@」（印度話）

「收皮啦你班阿叉，返印度含撚啦！」

「你講咩吖！」

「咩呀！咩呀！咩呀！」

「喂喂喂踎低踎底！踎低呀！係咪想食矮瓜！?」

「(*$(#^(@_$@#&*」（印度話）

「喂阿蛇，薯仔交啫，No big deal 喎！」

「踎好啲呀！」

「阿蛇，細路仔爭飯食推撞吓啫！」

「你收嗲啦！又搞事！係咪想同我哋過唔去呀？」

「議事論事啫，點敢搞到阿蛇你呀！」

「同我返埋位食飯！」

「^%*%(%*&%)))^@)#@」（印度話）

「得得得，我依家慢慢行返去，食飯！」

「喂郁愁打忍刀吾使拉？油毛攪錯?!」

「收皮啦你，講嘢都未識講，死蝗蟲！」

「(*$(#^(@_$@#&*」（印度話）

【過界】
120日前

「點呀死阿叉，我聽唔明喎！你講乜鳩呀？返去食咖喱老母
　啦！」

「#$@#@#@*&@^^$%@@*」（印度話）

「呀！！！！你個仆街揳我？!呀！呀！呀！」

「喂停手！喂！！」

「呃⋯⋯救⋯⋯救命⋯⋯呃⋯⋯」

「呲⋯⋯呲⋯⋯呲⋯⋯呲⋯⋯」

「呃⋯⋯救命呀⋯⋯」

「呲⋯⋯呲⋯⋯呲⋯⋯呲⋯⋯」

「喂⋯⋯魚仔⋯⋯你無事嘛?!」

我⋯⋯

混亂中，我昏倒了。

26

A WORLD IN AN IRON GRILLE

PRISON

★	★	01
06	07	08
13	14	15
20	21	22
(27)	28	29

02	03	04	05
09	10	11	12
16	17	18	19
23	24	25	26

113日前

【留院】

【留院】
113日前

　　醒來時已在病床中……唉……我竟然被阿積再度打入廠，今次還要留院觀察，實在霸氣盡失……他媽的阿積，事後才知道他有練開泰拳，還要到伊館出賽的那種，拳頭交根本打不過他。

　　但他意想不到今次是贏咗場交，輸咗個家，B仔繪形繪聲向我述說當我昏倒後的情況，十二門徒其中一徒班納吉忍受不了阿積的種族歧視，千鈞一髮之間衝出來用削尖了的牙刷柄刺穿阿積的肚皮，阿積慘叫一下，班納吉還一直捅上十餘下，最後還使出了瞬獄殺，Perfect打到阿積嗚呀嗚呀飛出飯堂，才被老職制服……

　　阿積被捅至血流成河，整個飯堂都沾滿血腥味，傷勢嚴重得要像達叔般運出監獄，到外面的大醫院急救，而班納吉則被關進水記兩個月以及加監半年（在監獄傷人是判得出奇地輕），雖然形容得有點誇，但我想，這是阿積的報應了。

　　上一次來只是輕輕檢查便出院，今次確實要住院，因為都被打得幾傷。短短一年間，我快要把監獄每一個能住人的地方了都住過了。

病房內有十張病床，只有三張有人，分別是兩個阿伯和一個道友。看看鏡子，我兩邊臉頰也被打瘀了，起來時……呃……腹部疼痛，還有一點頭暈眼花……

伯：「後生仔，入到嚟就免生事啦，一簡轉眼過嘅！」

我：「唉……咳咳……唔係我想搞事……」

伯：「咩字頭？」

我：「我無字頭……」

伯：「噓！老襯底同人嗌焓好蝕底㗎！」

我：「搞我嗰個都無字頭……」

伯：「有字頭有人撐，啲老職通常都隻眼開嘛！」

我：「係嗰條友睇我唔順眼。」

伯：「咁點解人哋睇你唔順眼吖？」

我：「唔……」

伯：「係咪太高調？」

我：「唔……唉，我都唔知……」

伯：「人人都有年少輕狂嘅時間，慢慢你就會明㗎喇！」

我：「件事唔係你諗到咁……」

伯：「阿伯我食鹽多過你食米啦，點會唔知咩事！」

我：「Anyway 啦……」

【留院】
113日前

　　這是我不喜歡跟老人家聊天的原因，對他們這種等死的生命體來說，「年輕」就是一種幼稚、無謂的代詞，而「年輕人」就是一個不經大腦、血氣方剛、不斷闖禍的名詞，於是，只要有事情發生，較年輕的當事人一定是因為不經大腦、血氣方剛而闖出一些幼稚、無謂的禍，他們就乘機以一副「少年，你太年輕了！」的腔調跟你說教，以年資作教材，糾正你、教化你。在他們眼中，什麼都應該小事化無，無謂生事闖禍一發不可收拾。

　　沒錯，退一步或許真會海闊天空，但再退多步就是懸崖，跌進海的就是自己。但我也沒有再作進一步的行動，心想快要出冊，何必要為一時之氣以氣用事？國不除害，自有人除，像阿積這種壞性格的人，總有人看不過眼懲治他，只要在剩餘日子小心行事，安全夠期出冊便是贏家。

　　雖然比水記好一點，但留院期間也相當的悶，醫院的飯菜比外面清淡，沒有電視，也不可以抽煙，但有窗口，可以看到天空。

　　衣衫襤褸的醫生每天來一次，循例巡視一圈草草了事。別以為醫院有姑娘，我要強調如果不計前來探監的親屬，我是從未在

祠堂見過一個雌性人類。醫院的都是男護士，一間病房會有一個，我這間有一個文西。他穿得實在太像國產凌凌柒裡面的羅家英，每天也是一件雞仔嘜羊毛底衫加一條深色短褲，再是是但但披上一件污卒卒的白色醫護外套，其專業外表，實在令人擔心⋯⋯

　　道友第二天就出院了，不過他說很快就會回來。其餘兩個阿伯整天都在下棋，沒事做就互相吹噓當年勇，最離譜其中一個說自己年輕時在大陸當軍守山頭，在一個早上遇上大老虎，同隊的人都膽怯得快要尿出來，他為全隊安危，自告奮勇走出去跟大老虎決一死戰，大老虎比一般老虎體形大很多，目測在三米長，樣子相當凶猛，利爪已準備招呼他⋯⋯（他是用這個形容詞）終於，老虎按捺不住一躍撲過來，他雙手橫舉長槍擋住老虎的利牙，老虎攻勢被破，一時來不及反應，他即用旋風腿一下側踢擊中大老虎腰間，老虎應聲慘叫，他再以上勾拳把老虎下巴轟個稀巴爛，受重傷的老虎像小貓一樣呻吟，但他沒有乘虎之危追加Combo，對視了好一陣子，最後大老虎被他的霸氣壓倒落荒而逃⋯⋯嘩⋯⋯屌你，又識「席席BIRD極」、又識「柯YOU極」，更識「眼神制敵」！我笑而不語，心想原來那年頭已經有高登仔。

【留院】
113日前

　　所以，你能明白我是有多不想跟他們說話嗎？之後又來多一個阿伯，真有一刻以為自己住進老人院。我不想多跟他們說話，他們叫我時，我都以「哦」、「係咩」、「哈」輕輕帶過，讓他們自討沒趣便算，免得他們又找個好位教我做人。

　　終於離開老人院回到細倉，十二門徒見我回來立即上前問候，野狼哥亦走過來報以慰問，他說以後在飯堂行動也得要在他身旁。氣氛是相當的溫馨，心想為何一開始就不把我關在細倉，好讓我遠離凶惡？

　　細倉什麼都好，就只是太細，人少，力量就小，細倉柳記氣勢比大倉的強，幾天就來踢一次，要是我們的煙和日用品沒有寫好自己老秫就會被沒收，特別是違禁品如啤牌、尖頭牙刷、水泡圈等，都要野狼哥找人銷案。但細倉跟大倉不同，野狼哥為大家著想，一般情況都建議湊錢跟柳記點檔了事，很少交人入水記，難怪柳記每次踢倉時也搜得異常落力。

　　你或許會認為野狼哥的做法迂腐，他本來應是字頭老總，有權有勢，為何要如此忍辱負眾？他跟我說了一個故事：

A WORLD IN AN IRON GRILLE

27

　　從前有四位神仙下凡，來到一個家門外，跟屋主自我介紹，說一個叫「平安」，一個叫「成功」，一個叫「財富」，一個叫「和諧」。

　　四位神仙能帶各自的好事來到這家庭，但只能四選一到家中長守。一家之主想要財富、太太想要冚家平安、兒子要考大學想要成功，一番爭論後，女兒感慨地說：「還是和諧好。」最後大家同意選「和諧」為守護神。

　　全家人一起邀請和諧仙人進屋，和諧仙人進屋後，其餘三位都一起進去了，和諧仙人說：「家和萬事興，只要和諧，就能擁有更多的平安、財富和成功了。」

　　能令細倉打破種族界限上下一心不分你我，你說要劃幾多飛？別人眼中的迂腐，卻能令大家槍口向外，永遠指向恃勢凌人的柳記，而不是自私自利的貴支、算死草的阿叉、凶殘成性的越南仔和地位卑賤的蝗蟲。三十多人相處猶如一家人融洽，時間都快過一點，一切，都源於野狼哥的大智若愚。

　　如果達叔是賢者，野狼哥真說得上是智者，因為他的管治手

【留院】
113日前

法，我蠻喜歡細倉的生活，Touch Wood說句，就算坐多一年，也不算難過。

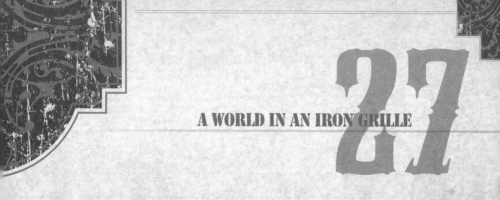

27

A WORLD IN AN IRON GRILLE

PRISON

★	★	01
06	07	08
13	14	15
20	21	22
27	(28)	29

02	**03**	**04**	**05**
09	**10**	**11**	**12**
16	**17**	**18**	**19**
23	**24**	**25**	**26**

100日前

【出冊】

【出冊】
100日前

我：「我陣間諗住托B仔福拎幾件煙入去畀班納吉，你哋有無嘢跟單？」

一：「鵝油鵝油，鵝想拎罐咖哩粉畀佢！」

二：「仲油Soap，我哋印度人要用呢隻Soap。」

我：「哦好好好……仲有無？」

三：「追緊要畀呢個book佢！」

我：「咩嚟㗎？」

三：「Kama sutra！」

我：「吓……即係咩嚟？」

三：「我哋Religion嘅book啦！」

我：「哦……」

三：「我哋日日都要念，係我哋嘅spirit嚟㗎！」

我：「哦好…嘩……乜有咁多嘢……」

野：「加多一件溇，當係字頭。」

我：「班納吉知道一定喊出嚟！」

警：「360998。」

三：「唔知入面分唔分到direction嘅呢？」

我：「你指東南西北？」

A WORLD IN AN IRON GRILLE

三：「Yeayeayea，我哋嘅神喺西邊，所以要向西面worship。」

我：「西面？咁你哋喺度又會知道西邊係邊面？」

三：「Sunset 嘛！」

我：「呃，係喎！」

警：「360998。」

我：「你老婆係咪都要拜㗎？」

三：「梗係啦，我哋全家都係同一個 Religion 㗎嘛！」

我：「哦哦……佢喺香港？」

三：「因度，佢無 passport，go back to India 喇。」

我：「咁佢咪無得嚟探你？」

三：「OK 啦，鵝仲有幾個月就 release 啦！」

我：「然後返印度？」

三：「都應該係啦，有邊個會請一個坐過監嘅 Indian……」

警：「360998，係咪唔想走呀？」

我：「吓？係喎係喎，係我喎！嗨阿 Sir，唔好意思聽唔到。」

警：「你夠期喇喎，依家同你去吧枱拎返包頭。」

【出冊】
100日前

我：「吓？行？你指……」

警：「你夠期出冊喇！」

我：「乜……乜唔係仲有十日八日咩？」

警：「扣埋假咪啱數囉！係咪唔想走呀？」

我：「哇！走走走！梗係走！我走得喇！我走得喇！我走得喇！我走得喇！」

警：「行喇咁。」

我：「走喇！我走得喇！我走得喇！我終於出冊喇！！！！！」

　　這個無比驚喜的禮物，接過後極度興奮，也許真是我人生裡最高興的一刻。我跟倉內每一位成員握手道別，把剩餘的煙通通交給野狼哥，我信他會公平跟大家分享，然後就步出這監倉，大家都向我揮手道別，我想起一張高登 gif 圖。想不到在囚的晚年過得如此不錯，第一天進來時又怎會想到會帶著笑容離開。

　　這一年，說多事不算多事，但也不算平靜，進過水房入過廠轉過倉，通通都印象深刻。

　　但……我終於出冊了。

　　跟老職來到「吧枱」，即存放入獄前的個人物品儲存室，我重新披上一年前的深藍色Gucci恤衫、黑西裝，一年前的酒氣已經散去。右手帶上Panerai pam111，把灰色的Parda銀包與及Dunhill鋼筆放進袋口裡，還有Cartier戒指、Crom Heart頸鍊、與及一對Bally皮鞋，我變回一年前的自己，但一切都不再實在，就像手上那部Vertu，沒有電池以後只是一舊爛鐵。

　　我深深明白身上所有東西都只是身外物，那怕下一秒又被脫光，脫光後什麼都不再。

　　一年，足足一年，穿回屬於自己的衣物，拾回自己的身份後，腦裡不斷掠過這年來的人和事，一切都像一場遊戲一場夢。

　　裡面的東西不能帶走，例如日記、畫作、寄來的信件甚至用錢買的收音機、煙等，通通都要留下，所以我們普遍都不認識華爾夫和珍多利這兩隻香港製造的香煙牌子。我有向老職求情，希望能保存媽媽和凌美瑤寫給我的信件，但他們說規矩就是規矩，一切物品都會銷毀，不會再留在人間，勸我向前望，珍惜眼前人比保存死物更重要。

【出冊】
100日前

　　在登記處簽一個名，門就打開了，我拿著裝著證明文件的公文袋看著大門徐徐打開，大門打開後，大鐵閘也打開了，門前有四位老職營營役役看守著，我在他們中間慢慢步出祠堂，再沒有鐵欄的陽光，任我向前跑多遠的遼闊，深深體會人說的「重見天日」，由今天起，我除了拾回身份，還重回自由的大地，能再次隨心所欲做自己喜歡的事、去喜歡的地方、吃喜歡的餐廳、見喜歡的人……

　　我見到遠處的迴旋處停了一輛熟悉的房車，奧迪A8，然後，媽媽就出現在我眼前。

　　我把這二十多年的枷鎖一併拋開，跑上前擁著媽媽，深深的擁抱著她。自從小學畢業以後都沒有好好擁過媽媽，媽媽的身軀是何等的陌生，但只要衝破這關口，我以後也能隨時隨地牽她的手，擁她入懷，我認為這是我入獄的最大得著，因為入獄，我才真正體會和珍惜親情的可貴。媽媽哭起來拍著我的背，我還能忍得住眼，直至另一個更驚異的影像出現…爸爸竟然從車裡出來，站在遠處看過來，我的眼淚氾濫了……

　　爸爸竟然來接監！

我以為他不會再跟我相認，以為從今以後都不會再相見……

媽：「過去啦，你Daddy仲緊張過我，係佢話早啲嚟，佢等
　　咗你成個鐘喇。」

我抹掉斗大的眼淚，慢慢跟媽媽走上前，跟靠在車門的爸爸
重遇……

我：「Daddy……」

爸：「肚餓嘛？」

我：「唔……」

爸：「去食返餐好啲嘅。」

我：「Daddy……」

爸：「男孩子，唔好喊。」

我：「Daddy，sorry……」

爸：「嚟，上車。」

PRISON

★	★	01
06	07	08
13	14	15
20	21	22
27	28	(29)

02	03	04	05
09	10	11	12
16	17	18	19
23	24	25	26
今日			【後】

【後】
今日

我重新回到世界，很多東西都好像不同了，Facebook外觀轉了、MSN要退役了、連Benz的新款A Class都推出了。

公司人事變了，但行政上沒大礙，走了一個帶頭搞事的董事，其餘協商成功留下來，我順理成章「於美國留學回來」後出任行政副董事，開始著實地打理家族生意，每天都把時間花在工作上，戒掉夜生活習慣，每天下班後跟爸爸的車回家吃飯。

駕駛執照被吊銷了，要是外出，我會乘巴士，而不打算把生命交到其他人手中，特別是那些紅色的跑車帶著神秘。因為乘巴士，我看到Roadshow，看到一個熟悉的樣子，發現之前包養的小丟星現在當了Roadshow主持。

被我撞到的女人，我們按照法庭裁定，賠了五十萬給傷者，另加醫藥費用。但沒有像肥皂劇那樣找上門跟她道歉，五十萬也算得上合理，那邊也沒有再追討，於是之後怎樣都不得而知，只知她還健在，我也沒有揹上罪疚感，像發一場夢而已。

至於凌美瑤，我們雖然是鄰居，但很久都不見她出現，我甚至有偷偷靠在路邊等她一整晚，看進屋內，還是找不到她的身

影……自知背著監躉之名的廢青，怎好意思拍門打搞伯母？她既然對我心灰意冷，又何以再諸多纏繞？

但我每天還是期待電話響起她的專用鈴聲：「我的寶貝寶貝，給你一點甜甜，讓你今夜都好眠……」我有寄她一封信，內容大概是關於通知我出獄的事，以及利申會等待她回心轉意的一天。

之後，我收到一個包裹，裡面全是我在獄中寫過給她的信件……看到包裹外面的手寫地址絕不是凌美瑤的字跡，就知道字應該出自她的爸爸媽媽。我知我傷害凌美瑤傷害得連她的爸爸媽媽也討厭我了，就算美瑤心軟，也過不到父母那關，我永遠都不會再有雞髀吃，我們的關係已去到無法修補的階段，一切都是我的自作孽，不可活的結局。

一天，媽媽給我一封信，原來是凌美瑤寫給媽媽的一封請辭信：

【後】
今日

Dear Auntie：

這些年來，衷心感謝您的照顧，美瑤大概是時候向Auntie您道別了。不關於日辰入獄，也不關於其他人，美瑤也花了不少時間反省過，發現我跟日辰已無法繼續走下去，或許是我們的取向實在太不同，我們都有著不同的生活方式，說穿了，我們都累了。

雖然我們二人的事不應打搞Auntie您，但您就像我的另一位母親，多年來的照顧和關懷，是我在結束這段關係前最大的考慮因素，我真曾經想過為了成為您的媳婦而嫁給日辰，但最後，我也無法騙過自己跟日辰的問題。

Auntie，保重了，我會到英國完成碩士課程，到埗後會跟您聯絡，保重身體。

美瑤

我到過深圳，不再是為夜夜笙歌燈紅酒綠的夜生活，而是伍仔葬在深圳大鵬灣的墓場，我跟他的媽媽和女兒一起去掃墓。他的女兒接受了大半年的心理評估和感化後，情緒穩定了，事情也快要克服，我花了一點錢，替她申請一間不錯的寄宿中學，然後

A WORLD IN AN IRON GRILLE 29

在學校附近租了一個小單位給伍仔的媽媽，好讓在最好的安排下不會把一對嫲孫分得太開。

我承諾會負責伍仔女兒的中學學費以及伍伯母的屋租，給予人家這樣好的安排，原來都只是八千多元，回想起從前在夜店開一個包廂買一個香檳套餐，都要九千多元，但現在這八千元的意義遠超出夜店的香檳煙花炮。那天承諾過伍仔，説會聘請他為辦公室助理，現在就當他每月發薪後拿來支付這些事情好了（雖然這八千元不能出公數和減稅）。

我記好了十二們徒的烹飪心得，嘗試為爸媽和妹妹煮來第一頓晚餐，效果不理想，但充滿家庭溫情。他們都裝著説美味，特別是爸爸的戲尤其誇張，我終於發現爸爸可愛的一面，然後明白媽媽這四十年來的欣賞。之後的每個星期天，我都會代替傭人下廚，席上的食客都萬分期待我在廚藝上有進步的一天。

我到醫院探望因為急性血管爆裂而跌落樓梯撞傷頭部至腦震盪的達叔，他兩個月前終於醒來，一切還好，頭腦沒有撞壞，只是手腳不聽話。醫生説他只是輕度中風，加上呆在床上兩個月多，要花多點時間進行物理治療，展望半年後就能完全康服。

【後】
今日

　　我錯怪了阿積，幸好阿積都機警，在我出手前先把我制服了……（唉）反而阿積被班納吉插穿內臟傷得更重，正中了達叔常常說的「滿招損」伏。我每星期也會到醫院探望達叔兩次，跟他聊聊天說說笑。他說穿上西裝的我跟監獄內的魚仔判若兩人，我說這只是為了在社會上能立足得好一點的裝潢，我還是我，還是那個被剃光頭、脫光光通櫃後，一拐一拐走入大倉哭哭啼啼幾個晚上的魚仔。

　　達叔說：「謙受益，你真係大過咗好多。」
　　我答：「係呀……尋晚 Kelly* 鬧得我真係好喑……」

—完—

P.S.
希望驗血報告順利，我不想做第二個文員仔，阿們。

*註：
原是一位男生於 facebook 的一個 Status。該男生的女友在留言框跟他聊天，直至過程中不慎露出馬腳，被揭發是開分身自問自答假扮談戀愛。之後被網民 Cap 圖無限回帶，再被發揚光大改編成潮文標題，成為高登潮語錄一員。詳情可以問問 Google 神。

美瑤：

　　近來好嗎？我寫過三封信，但全都沒有寄出，因為我沒有妳那邊的地址，也沒有勇氣面對妳。

　　我知千言萬語也無法解釋或解決我所做過的錯，於是我有想過努力當下，企圖用誠意再次把妳打動，如果我能把一切都瞞過去。我終於明白為何大部分犯過罪的人寧願自首也不選擇把事情就此作罷，因為人的過錯是會在夢中無限放大。

　　我已確定妳不會回頭，就算有天妳能願諒我，我也沒有勇氣再面對妳。人說要當一對情人就需要花上八輩子的緣份，我欠妳的，會用多八輩子償還，八輩子後，希望能再跟妳再繼前緣，屆時，我會學懂珍惜。

　　　　　　　　　　　　　　　　　　　　　　日辰

In case of Loss,
please return to =

★ 壹 獄 壹 世 界 ★

Editorial

出版人 / Peggy Siu

作者 / 小姓奴

總編輯 / Marco Wong

特約編輯 / Dora Pan

執行編輯 / David Fong

編輯 / Alvin Chen

Art

美術總監 / Yinlhy

設計員 / Kwan Chan

Sales

營業總監 / Carman Chan

營業經理 / Louis To

出版 / 點子出版

地址 / 九龍觀塘駿業街62號京貿中心2樓C室

查詢 / info@idea-publication.com

香港初版第一刷 / 2013年7月17日

國際書碼 / 978-988-12619-1-5

售價 / $88